「右腕は商売道具なんだ、お手やわらかに頼むよ……」
「その商売道具で今までおれに、いろいろしてくれましたけどね」
隆一の体を慰めたのも、強引に押し倒したのもこの右手だった。
(本文より)

アンドロギュノスの夢

NIJUEN TANIMURA
谷村二十円

Illustration
駒城ミチヲ

SLASH
B-BOY NOVELS

この物語はフィクションであり、実際の人物・団体・事件等とは、一切関係ありません。

CONTENTS

アンドロギュノスの夢

第一章　鎌倉《かまくら》①

大正×年三月十日――。

その日、小栗隆一《おぐりりゅういち》は擦り切れた着物にほとんど手ぶらで、時事日報社《じじにっぽうしゃ》のエントランスをくぐった。

有楽町《ゆうらくちょう》にあるこのビルディングを訪れたのは今回で二度目、十日ぶりのことだ。一階のフロアを見回し受付に進もうとすると、いかつい顔をした男が目の前に立ちふさがる。

「西洋画家の小栗隆一君かな？」

職業とフルネームで呼ばれ、隆一は反射的に背筋を伸ばした。この男は警備員で自分はつまみ出されるのかと思ったが、どうもそうではないらしい。

次の瞬間には男は破顔《はがん》し、力強い声で続けた。

「あんたの絵は見せてもらった、とても素晴らしかったよ」

それから風呂敷に包んだ油絵を無造作に返される。それは隆一が「ひと目でいいから編集者に見てもらいたい」と、ここの受付に預けたものだった。

時事日報社は、東京五大新聞社のひとつである。かの啓蒙思想家・唐沢英吉《からさわえいきち》が立ち上げた新聞社だが、創業から百年近く経《た》った今も新聞だけにとどまらず多くの雑誌や書籍など尖った出版物を世に送り出し続けている。

こんなところで働くのは自分とは違う人種、つまりは中流階級以上の人間に違いない。言葉が通じるのかすらあやしいと、隆一は思っていた。しかし絵の仕事で糊口《ここう》をしのぐためには、そんなことにびくついている場合ではない。ただ一心、仕事が欲しいという思いだけで、隆一はここ時事日報社の門を叩いていた。

上京したて、二十歳の洋画家は、生きるために前へ進むしかない。それで隆一は十日前、迷惑がる受付係に自信作を押しつけ、十日後に取りに来ると言って帰っていた。

しかし本当に見てくれたのだろうか？　隆一は疑いながら、風呂敷包みの結び目を見る。風呂敷包みの結び目ひとつ取っても隆一は、不格好なものは好まない。ところがいま結び目は、どう結んだのか妙な具合にねじれていた。

改めて男の顔を見る。

角張った太い眉に大きな鼻。油分と水分の豊富な肌の感じからして、年は二十代半ばだろうか。ためらいのない瞳が、隆一を見返した。

「僕は瀧孝作《たきこうさく》、ここの、文芸雑誌の編集者だ。以後よろしく」

右手を握られ、ぶんぶんと振られる。

「ずいぶん繊細な絵を描くから、どんな男が来るのかと思ったが……あんたは洋画家っていうより、女形《おんながた》みたいな顔をしているな」

「はあ。女形ですか」

少し不満に思いながら、隆一はそう返す。

「前から十人女が来たら、きっと八人はあんたを振り返るだろう。男の場合でも、四、五人は振り返るかな。雪の中の寒椿《かんつばき》みたいに、凜《りん》とした趣《おもむき》がある。ああ、ちなみに僕もよく二度見されるんだが、それは考え事をして眉間にしわが寄っている時だな。その顔が鬼瓦《おにがわら》に似ているとよく言われる」

冗談なのかなんなのか、瀧があっけらかんと笑った。

「そうだ。絵描きの傍《かたわ》ら、役者の真似事でもしてみたら人気が出るかもしれないぞ?」

「悪いですけど、おれはそういうのは……」

さすがにムッとして答える。

隆一としては、むしろ人の目から隠れて生きていきたい。女性からも男性からも、今まで興味を持たれてろくなことになったためしがなかった。

瀧がまた笑い声をたててから頭を掻く。

「悪い、冗談だ。挿絵《さしえ》の仕事が欲しいんだろう?」

「はい、そのために来たんです」

「今すぐ頼める仕事はないんだが、ひとついい話がある」

「いい話? なんですか?」

可能性があるなら藁《わら》にでもすがりたい。

「夏目《なつめ》龍之介《りゅうのすけ》は知ってるか?」

「夏目……?」

聞いたことのあるような名前だった。

「いま注目の若手小説家だ。彼の名前が載れば、雑誌は飛ぶように売れる。明日、夏目のところに行くんだが、よければあんたを紹介したい。それまでに彼の作品を軽く読んでおいてくれ。ああ、君、何か適当な本を……」

瀧が受付係に言って、夏目の作品の載った雑誌を数冊持ってこさせる。

「あの……読むのはわかりましたが、紹介っていうのは……?」

「夏目があんたの絵を気に入れば、彼の作品の挿絵を描けるかもしれないだろ」

瀧はそう簡単に説明した。


自宅として借りている裏長屋の四畳半。そこへ戻った隆一は、瀧に渡された雑誌の一冊をさっそく手に取る。B5判の表紙にきりりとした書体で『潮流《ちょうりゅう》』という誌名が記されていた。しばらくその文字を鑑賞し、ややごわついている表紙をめくる。そして隆一は目次に並ぶ著者名の中から、瀧の言っていた名前を見つけ出した。

「夏目龍之介……これか」

ページ番号を確認し、そのページを開く。

隆一にはあまり本を読む習慣がない。読み書きは初等教育で習得していたが、当時から好んで本を読むような子供ではなかった。その頃からどちらかというと絵を描くことの方が好きで、目にした景色を絵にしたり、人に借りた本の挿絵を写したりしていた。

本は簡単に手に入らなくても、写し取った挿絵から空想の世界へ没入することはできる。そして絵ならなんにでも描ける。障子《しょうじ》紙にでも新聞紙にでも、その気になれば土の上にだって。


しかし目の前にある『潮流』は、挿絵のある雑誌ではなかった。ぎっしりと並んだ活字が、規則性のある模様のように目に映る。途端《とたん》に読むことを負担に感じた。

けれど借りてきたからには、ひと文字も読まずに返すわけにはいかない。隆一は文字に指を添え、たどたどしく読み始めた。

すると不思議なことに、活字が次々とここにない景色を形づくり始める。

はじめに読んだのは、平安時代の冴えない武士を主人公にした物語。その時代のことはよく知らないのに、独特の空気の匂いを嗅《か》ぎ取った気がした。

それから次は頭の長い和尚の話。和尚の劣等感に共感し、最後にはほっと気持ちが軽くなった。

夏目の作品は読みやすく明快で、ある種のおかしみを持っている。そしてその物語の向こうに、豊かな世界の広がりを感じさせた。

鮮《あざ》やかな色彩と、緻密《ちみつ》で正確な描写。キャンバスは小さいのに、絵には驚くほどの奥行きがある。夏目の作品を絵画に例えるなら、そういった印象だ。

隆一は畏怖《いふ》の念を覚えながら、短い作品を二度三度と読み返した。

「夏目龍之介……」

扉のページを見返し、彼の名前をもう一度口にしてみた。その名前は、強いきらめきをもって胸に響く。

この人に認められれば、自分も東京の出版界で生きるための扉が開けるかもしれない。なんの足がかりもなく上京してきた隆一にとって、夏目はいま唯一、光の届く空の星だった。

「どんな人なんだろう？」

星に手を伸ばそうとして、彼のことを何も知らないことに気づく。借りてきた何冊かの雑誌を見返しても、その風貌はおろか年齢も出身地もわからなかった。

ただ、とても聡明できちんとした人に違いない。作品はその人の心を表す。作品を通して心に触れて、この人なら何かを変えてくれる、そんな期待を胸に抱いた。

翌朝、時事日報社のエントランスをくぐると、座る間もなく有楽町駅へ連れ出された。瀧曰《いわ》く、夏目の住まいは鎌倉《かまくら》の方らしい。そこへ行くには有楽町駅から東海道本線《とうかいどうほんせん》に乗り、南へ下る。

足を踏み入れた駅舎はまだ新しい。鉄道院東海道本線の駅としてここが開業したのは、今から七年前だそうだ。階段を上り駅のホームに立つと、高架になっているホームから朝の東京の街が見渡せた。景色を眺める頬に、正面から風が吹きつける。三月上旬。ホームに吹く風には冬の気配が残るのに、列車を待つ人々の列は明るい活気に満ちていた。

瀧と一緒にその列の後ろに並び、東京駅から来た列車に乗り込む。

観劇にでも行くのか着飾った女たちの脇を通り、学生帽の青年たちの横に空いた席を見つけた。座りながら後ろへ目をやると、下働き風の娘が大きな荷物を下ろし、輝く瞳で本を開いている。誰もが当たり前のようにそこにいて、席に座っていた。

その様子を見て、隆一は新鮮な感動を覚える。

時は大正。文明開化の明治時代が過ぎ、民主主義、自由主義の時代だ。貧しくても頭のいい子供は学問で身を立てられるし、体が丈夫であれば軍人として成り上がることもできる。女に生まれても女学校で教育を受ける道があり、実際に巷《ちまた》では女流作家、女流詩人たちの活躍がめざましい。また上を見れば帝国議会は平民出身の議員たちで埋め尽くされ、次の首相は平民出身者がなるのではないかと言われている。身分制度は、急速に過去のものになりつつあった。

時代は変わりつつある。ここ東京では、それを肌で感じることができた。ここでなら自分も胸を張って生きていける、そんな思いが隆一を勇気づける。

「読んできたかな？　夏目の作品を」

揺れ始めた電車内で腰を落ち着け、瀧がさっそく聞いてくる。

「はい、お借りしたものは一通り」

隆一はしっかりと頷《うなず》いてみせた。

「それで、どう思う？」

「素晴らしいと思います。文章に洗練された輝きを感じました。おれなんかがあれこれ言うのはおこがましいですが……」

隆一の言葉に、瀧は満足そうに頷く。

「その通り、夏目の書くものは一流だ。一字一句にこだわり抜いている。だから難しい」

「難しい、と言いますと？」

隆一は隣に座る瀧の表情を窺《うかが》う。

「そのこだわりが文章そのものにとどまらない。載せる雑誌から本の体裁《ていさい》まで、結構こだわる男なんだ。口うるさいとか声がでかいとかじゃないんだが、なんというかこう、若いくせに眉間のしわひとつでだな」

言いかけて、瀧はごほんと咳払いした。

「いや、あいつの眉間のしわはともかく。今度他社から出る夏目の短編集は、箱付きのずいぶん豪華なものだそうだ。題字は彼の敬愛する書家が書いているとかで」

「なるほど、それで瀧さんは……」

「ああ。夏目の次の作品集を、うちで出したいと思っている。そのために、何人かの挿絵画家の絵を彼に見せているんだ」

何人かの……つまり隆一には、ライバルが幾人もいるらしい。その中から選ばれるのは簡単なことではないだろう。だがそんな難しい男相手でなければ、瀧も挿絵作家に手当たり次第声をかける必要はなかっただろうし、隆一に声がかかることもなかったはずだ。そう考えると、夏目のこだわりがありがたい。

隆一は夏目に絵を見せる瞬間を思い描き、密《ひそ》かに武者震いをする。持参してきた西洋画の自信作を、無意識のうちに強く抱いていた。

「夏目先生の住まいは、鎌倉の由比ヶ浜《ゆいがはま》だと言いましたよね？」

話の切れ目でそう確認すると、瀧が頷いた。

「あいつの実家は東京の田端《たばた》だが、今は横須賀《よこすか》の海軍機関学校で教鞭《きょうべん》を執《と》るために、そこから近い鎌倉に家を借りているんだ。ここから鎌倉までは丸々一時間ってところだな。僕と二人で退屈かもしれないが、しばらく耐えてくれ」

「いえ、瀧さんこそお構いなく」

それから隆一は車窓を見て、あれこれ思いを巡らせた。仕事についての期待と不安、それもあるが隆一の思考を占拠して離れないのは、昨日読んだ夏目の作品だった。

「あんなに素晴らしい小説を書く人が、学校の先生だったなんて。おれはてっきり、専業の作家なんだと思っていました」

隆一がつぶやくと、瀧がふっと笑う。

「器用な人間は、なんでもさらりとこなすもんだ」

「さらりと……」

幾分ショックを受けながら、隆一は繰り返す。

自分にはただひとつ、絵しかない。それに果敢《かかん》に挑んでも、現状、食うことができずにいる。

「四民平等の世の中でも、神様は平等じゃないんですね」

「夏目は天才だから。あれを同じ人間と思っちゃいけない」

瀧が冗談めかして言った。

東海道本線から横須賀線《よこすかせん》に乗り換えてしばらく、途中の鎌倉駅で下車する。

鎌倉から江ノ島電鉄《えのしまでんてつ》に乗り換えてもよかったが、電車の来る時間までややあったので、そこから散歩がてら歩いていくことになった。

とんがり屋根の時計塔を持つハイカラな駅舎を出ると、東京とは違った空気が体を包む。海風の運ぶ湿気が、街をやわらかく覆っていた。まだ三月だというのに、駅舎から出た途端に汗ばんでくる。太陽が真上に近づき、白くあたたかな日差しが降り注いでいた。

鎌倉は幕府設立以来、古都として栄えていた街だが、明治二十二年の横須賀線開業以降は東京からほど近い保養地として発展している。

「海水浴は体にいいから、若いのも年寄りも皆したがる」

土産物屋《みやげものや》の立ち並ぶ通りを歩きながら、瀧がそんな話をし出した。やわらかく吹く風に、海の香りが交じり始めている。

「海水浴……おれは山の方から来たのでなじみがありません」

隆一がそう言うと、瀧が楽しげな笑みを浮かべた。

「海はいいぞ！　少し足を伸ばせば、由比ヶ浜の海水浴場が見えてくる。とはいえ海水浴にはまだ早すぎる季節だよな。観光客のお目当ても、今は大仏か寺巡りだろう」

そう言われて通りを見ると、連れだって歩く洋装の女たちや、外国人らしき人々の姿が目に留まる。そして通りも店の前も、とにかく人でごった返していた。

それから瀧に続き、人ごみを掻《か》き分けるようにして歩いていると、隆一は観光客らしき女性たちに道を聞かれた。

「あの、元八幡《もとはちまん》はどちらでしょうか？」

無害そうな風貌のせいか、隆一はよく人に道を聞かれる。

「この辺《あた》りのことはよくわからないですが、向こうに交番が」

そんなふうに返すと、女性たちは口々にお礼を言って離れていった。

ほっとしてまた瀧を見る。ところが瀧は隆一が立ち止まったことに気づかず、先へ行ってしまっていた。

「瀧さん？」

どうも瀧は、人ごみで知り合いを見つけたらしい。遠くに向かって声をかけ、ずんずんとそちらへ向かっていく背中が見えた。

「瀧さん、待ってください！」

慌てて追いかけたものの、隆一はすぐに瀧を見失ってしまった。

「どうしよう……」

交差点で、行く先がわからずに立ち尽くす。外国人風の大男が肩にぶつかり、知らない言葉で何か言いながら去っていった。隆一はとりあえずたばこ屋の軒先《のきさき》に身を寄せ、瀧が気づいて戻ってきてくれるのを待つ。

ところがしばらく待っても、瀧が探しに戻ってきてくれることはなかった。彼は隆一を見つけられず、諦めて行ってしまったのかもしれない。駅の改札まで戻れば、きっと帰りに瀧が見つけてくれるだろう。

けれどもそれでは遅すぎる。隆一の手には、夏目に見せるはずの絵が握られていた。

途切《とぎ》れることのない人の波を眺め、そして腹をくくる。一人ででも夏目龍之介に会いに行こう。悩んだ末、隆一はそう決めて歩き出した。


はぐれる前に瀧が、夏目の家は由比ヶ浜の海岸通りにあると言っていた。隆一はその辺りを訪ね歩き、夏目の住まいを知っているという海軍学校の学生を見つけることができた。

「夏目先生は、あそこに住まわれておいでです」

若い海軍候補生は丁寧《ていねい》に、屋敷のそばまで案内してくれる。

「ありがとうございます」

「いえ、お役に立ててよかったです。では僕は」

彼は軍人らしく敬礼をして去っていく。その日焼けした人懐っこい笑顔は、鎌倉の街の明るい空気によく合っている気がした。

静かな通りからさらに奥まったところにある、屋敷の門前まで歩いていく。

「すみません！　こちらに夏目先生はいらっしゃいますか」

隆一は自らの緊張を打ち破るように、強く拳《こぶし》を握って門を叩いた。すると少しして、書生《しょせい》風の男が木戸を開けに来る。

「そちら様は……」

隆一を見て、男はわずかに眉をゆがめた。突然訪ねてきたのだから、警戒されても不思議はない。

「時事日報社の瀧さんの紹介で参りました、洋画家の小栗隆一といいます」

まだそれでの収入もないのに、洋画家を名乗ることには多少の抵抗はあった。が、ここでそう言わなければ話が通じない。

「そうですか、あなたが」

彼はひとつ頷いて続ける。

「そういう人を連れてきたのに来る途中ではぐれてしまったと、さっき瀧さんが」

「え、瀧さんが？」

「はい、その彼はつい今しがた行ってしまわれましたが」

男が隆一の肩越しに、通りの向こうへ目をやった。ついさっきここを出たなら、追いかければ彼をつかまえられるかもしれない。そう頭の隅で思ったが、隆一は男に向き直る。

「夏目先生にお会いできますか？」

ここへ来た目的はそれなのだ。瀧には明日謝りに行くか、謝罪の手紙を出せばいい。

男は黙って、隆一の顔を見ていた。

隆一より幾分背の高い彼は、涼《すず》やかな目元をこちらに向けている。広い額は知的な雰囲気を漂わせ、やや上がった口角が顔全体に引き締まった印象を与えていた。口元に添えられた手の指が長い。

隆一は息を呑《の》み、男の顔を見つめた。

「あの……お通しいただくことは難しいでしょうか?」

緊張感のある沈黙に耐えかね、せかすように聞いてみる。

「いや」

男は短く言ってから、口元に小さな笑みを乗せた。

「上がってください、僕が夏目龍之介です」

「えっ」

今の値踏みするような視線の意味を知り、思わず声が出た。けれどこの男が夏目龍之介だと言われれば、隆一としても納得がいく。彼の文章からほとばしるものと同じ鋭気が、この男の目にも見てとれた。


よく磨《みが》かれた廊下を進み、二階へと案内される。

「ここは知り合いの家で、僕は下宿させてもらっているんです。勤め先から近いので」

勤め先とは、海軍機関学校のことを言っているのだろう。夏目はなめらかな所作で障子を開き、隆一を先に進ませた。

中へと足を進め、隆一は感嘆の声を漏らす。部屋には床が抜けないかと心配になるほどの蔵書があふれていた。

「ここは書斎ですか」

漢書らしき書物もあれば、表紙に横文字の並んだ本もある。隆一の読める文字のものだけでも、今昔物語《こんじゃくものがたり》からシャーロック・ホームズまで、時間と国を超えて様々だった。夏目の創作の泉はここにあったのかと感心する。

「かさばるものは実家に置いてきたんですが、それでも本が増えてしまって。整理が追いつかずにこんな状態です。ああ、よければこちらへおかけください」

立ったままの隆一に、夏目が座布団を差し出した。

「すみません」

差し出された座布団の上に、隆一は緊張しながら収まる。

夏目は普段そこで書き物をしているのだろう、文机《ふづくえ》の上をさっと片付け、その前に座った。

「あ……先ほどは失礼しました。夏目先生がこんなにお若い方だとは思わず……」

改めて彼と向き合い、隆一は謝罪の言葉を口にした。

けれど違うのかもしれない。夏目が若手だということは瀧からも聞かされていた。門のところで見つめあった時、目の前の青年が夏目本人だと思わなかったのは、単に隆一が思考停止していたからだ。

「若いと言っても僕はもう二十五です。友人の中には、学生時代から文壇で活躍している人間もいる。そう考えると僕は遅咲きの方かもしれない。そういう君は？」

親しげな笑みを浮かべ、夏目が聞いてくる。

「……え？」

「君の年を聞いているんです、だいぶ若そうに見えるけれど」

「年……二十歳です」

「なら、僕の方が五つ年上だ」

こちらを見る彼の瞳が、さらにやわらかさを増した。

どうしてだろう。その瞳に見つめられると頭が働かなくなる。緊張からか、背中に妙な汗まで掻いていた。

隆一は浅い息を吐き、ひざの上に置いた自分の手に目を落とした。緊張をほぐすように、手のひらを握ったり開いたりしてみる。しかし結局、手に掻いた汗を意識して不快になっただけだった。袴《はかま》で乱暴に手のひらを拭《ふ》き、また夏目の方を見た。

この人は何者なのか、そんな疑問が湧く。

輝ける天才小説家、物腰やわらかな男前、そして学生に慕《おぼ》われる教師……いや、それだけではないと思う。彼の醸《かも》し出す圧倒的な存在感が、隆一を海で溺れでもしているような気分にさせるのだ。あるいはまな板の上の鯉《こい》、蜘蛛《くも》の巣にかかった羽虫といったところか。夏目自身は特に大柄なわけでも、威圧的なわけでもないのに。

感じているのは、もっと本能的なところから来る恐れなのかもしれない。

「瀧君から、君の絵のことを聞いたよ」

夏目の視線が、隆一の顔から風呂敷包みに移動する。

「そうでしたか。郷里を訪れていた洋画家の先生に油絵の基礎を教わり、それ以来独学で絵を学んできました。絵で身を立てたいと思い、上京してきたのは二カ月前です」

「なら君の活躍は、これからというところかな？　実は僕も昔、画家に憧《あこが》れていたことがあったんだ。幼い憧れに過ぎなかったけどね」

そう言いながら夏目は、ふと横に視線をずらした。視線の先を追うと、文机の横に重ねられた原稿用紙に、河童《かっぱ》の絵が描いてある。万年筆のインクの出を確かめただけ、そんな印象の絵だったが確かに絵心が感じられるものだった。

隆一が見ていると、夏目は笑ってそれを引っ込める。

「さすがに本業の人には見せられないね」

それからさらっと話題を変える。

「ああそうだ、小栗君は展覧会に出品したりは？」

「二科展《にかてん》に出品したことは。でも、入選は未だ」

夏目は腕組みしてから、慰めるように言った。

「あれは大先生方が選ぶ賞だから。その道の大御所《おおごしょ》連中に気に入られるものと、世間に受け入れられるものとは違う」

隆一はハッとして、それから思わず身を乗り出す。

「それもあります。ですが芸術の価値は周りからの評価ではなく、作品そのものにあると思います！」

「その通りだね」

夏目が間髪《かんはつ》容《い》れずに応じた。

そこで隆一は失敗したなと考える。持ってきた絵を見せる前に、自分で敷居を高くしてしまった。

もちろん隆一も、この道で食べていこうと決めたからには自身の芸術に対する信頼がある。けれど夏目という天才を前にして、その自信は揺らいでいた。

「どうしたんだい？」

隆一の表情の変化に気づいてか、夏目が下から覗《のぞ》き込むようにして聞いてくる。

「いえ……」

隆一はまばたきして視線を外した。

彼に見つめられて体がこわばるのを感じながらも、その切れ長で大きな瞳に魅力を感じた。見つめられるのが怖い、けれどその目を見つめ返してみたい。心なしか呼吸が速くなる。

「絵は、見せてくれないのかな？」

そう言って夏目が、微笑みを含んだ息を吐き出した。隆一は、自分から打ち明ける。

「ここへは絵を見せに来たのに、今、見せるのが恥ずかしいと思いました」

「わかるよ。作品を見せるより、裸で外を歩いた方がマシだという人もいる」

夏目は肩をすくめた。

「僕の友人の話だよ。そいつは書いたものを発表するたび、気持ちの上では世間に裸を見せて回っているわけだ！　僕もそれには、多少なりとも共感している。最近はその感覚も、薄れてしまったけれど」

茶目《ちゃめ》っ気漂う口調でまくしたて、ふとまた落ち着いた声色に戻る。

「だけど僕は、君の絵が見てみたいな」

隆一はためらいながらも、横に置いていた風呂敷包みを引き寄せた。

「その話の流れだと、夏目さんはおれに裸を見せてくれと言っているようなものです」

「魂《たましい》を込めた作品は、裸よりずっと裸だ」

彼が目の奥を覗き込んできた。きっともうすっかり、心の中まで見透かされている。

「観念して裸を見せるとします」

隆一はため息をついた。

風呂敷包みを畳の角に揃《そろ》えて置き直し、結び目に手をかける。ところが、手が震えて結び目がうまくほどけなかった。

「あれ？」

手のひらを一度握り、深呼吸して作業を再開する。その間にも横から夏目の視線を感じた。結び目が驚くほど固い。いや、そんなはずはない。固くなっているのは自分の指の方だ。

「僕がやろうか？」

見かねたのか夏目が片ひざを立て、文机の向こうから身を乗り出す。

彼の長い指が風呂敷の結び目に触れた、その瞬間だった。

「あっ――」

額と額がぶつかりそうになって、隆一は上半身を後ろへ反《そ》らす。

夏目が大きく目を見開き、隆一の顔を見つめた。

たばこの香りがふわりと香る。どくんと大きく、心臓が跳ねた。

時間が止まる。

気がつくと吐息も触れあう距離で、二人は見つめあっていた。

「君は……」

長い沈黙のあとで、夏目が口を開く。その声が乾いていた。

少し間を置き、隆一もようやく反応する。

「おれが……なんですか？」

「こんなことを当てずっぽうで言うのは失礼かもしれないが、僕は今、かなりの確信を持っている」

「だから、なんです？」

らんらんと光る瞳で見つめられ、さらなる混乱が胸に渦巻《うずま》いた。

「小栗隆一君、君は、半陰陽《はんいんよう》ではないか？」

カッと、体中の血が温度を上げた。

「どうして……」

「僕はこの匂いを知っている」

隆一はぱくぱくと口を動かしながら、言い訳の言葉を探した。けれども混乱した頭に、適当な言い訳は浮かばなかった。今は息の仕方すら思い出せないでいる。

「やっぱりそうなのか」

夏目が文机をまたぐようにして、こちらへやってきた。そして隆一の首の後ろに手を添える。

「ち、違う……」

怯《おび》えた声が出る。首の後ろに触れられただけで、もう逃げられないと思った。

「違うはずがない、確かめてみようか」

夏目のもう片方の手が着物の胸元から忍び込み、脇の下を通って背中へ回る。

胸と胸が合わさり、耳元に熱い吐息がかかった――。

半陰陽――。

それはこの国に古来よりある、性別のひとつだ。男でも女でもない、しかし子を産むことのできる性。見た目は男に見える場合も女に見える場合もあるが、およそひと月から数カ月に一度発情し、その強い匂いで他者を引きつける。

体が成熟するまでは、通常の男児または女児と見分けがつかない。けれども成長し発情期を迎えれば、その違いは明らかとなる。

過去には神とされあがめられた例もあるが、この国の村落共同体の中では明らかに特異な存在だ。人ではないものとみなされ、蔑《さげす》まれることの方が圧倒的に多かった。多くは他者の劣情を刺激してしまうという性質から、共同体から隔離され、監禁されて一生を過ごすという運命をたどる。

半陰陽として生まれてくる子供の割合は千人に一人とも、一万人に一人とも言われている。同じ半陰陽の親から生まれることもあれば、そうでない者から生まれることもある。ただ、親が半陰陽でなくても先祖には半陰陽がいるということがほとんどらしい。

遺伝学的なことはさておき、この国に生きる半陰陽は長く差別的な扱いを受けてきた。そして自由主義の時代になった今でも、山間部には未だ差別や監禁の風習が残っている。

そんなこの国で隆一は、信州《しんしゅう》の山間部に位置するある村に生まれた。産みの親も隆一と同じ半陰陽であり、座敷牢に閉じ込められ今でも村の名主《なぬし》の慰み者となっている。その名主の家で庶《しょ》子《し》として育てられた隆一は、自分も半陰陽であることを知ってからはそれを隠して生きてきた。

知っているのはただ一人、彼を産んだ親だけだった。

発情期には部屋にこもって人に会わなければ、正体に気づかれることはない。そう信じてきたのに……。

目の前が暗くなってゆくのを感じながら、隆一は書斎の天井を仰《あお》いだ。

絵で身を立てようと決めたのだって、人と会わずに仕事ができるからだ。それなのに半陰陽であることを、もう人に気づかれてしまった。その衝撃に愕然《がくぜん》とする。

肌に触れ、首筋の匂いを嗅いでいた夏目が、抑揚のない声でつぶやいた。

「半陰陽、学問的な名称で言えばアンドロギュノス。今は研究が進んで、鋭《アルファ》型と極《オメガ》型があることがわかっている」

「鋭《アルファ》と極《オメガ》？」

隆一は乾いた声で繰り返す。

「ああ、この国で昔から指摘されている半陰陽は極《オメガ》型のアンドロギュノスだ。鋭《アルファ》型は極《オメガ》型のように妊娠はしないしフェロモンも放出しないから、他との見分けがつきにくい。ただ鋭《アルファ》型は、人とは違う能力の発露があるという特徴がある。政治の世界や事業で成功する者、それから芸術の世界で力を発揮する者……。そういう者を検査すると、鋭《アルファ》型のアンドロギュノスが見つかる場合が多いらしい」

「検査って？」

体を離すことができないまま、隆一は聞き返す。

「鋭《アルファ》型のアンドロギュノスは、通常の男性と性器の構造が違うらしい。極《オメガ》型のアンドロギュノスの女性器は通常の女性より深い位置にあるから、それでも交配しやすいように強い機能を持っている」

夏目が答えた。

鋭《アルファ》型と極《オメガ》型、他の男女との違い。その話は隆一にとって初めて耳にするものだった。だが男の体なのにフェロモンを発し、場合によっては妊娠するという自分たちの性質を考えると、夏目の説明はある意味納得のいくものだった。

「鋭《アルファ》型のアンドロギュノスは、極《オメガ》型と交配しやすく作られている……それってつまり……」

「つまり鋭《アルファ》型と極《オメガ》型は、本来つがいとなるべき存在だ。西洋の研究では、鋭《アルファ》と極《オメガ》がつがいとなることで肉体的、精神的に安定を得られるという研究結果が出ている。つがいを得られないままのアンドロギュノスは、総じて短命だ」

夏目は書物をそらんじるかのように語りながら、隆一の首に鼻をすりつけた。

「そしてこの甘い匂いは、発情期が近い極《オメガ》で間違いない」

その声に、恍惚《こうこつ》とした響きが混ざり始める。

「どうして……そんなことが言いきれるんです？」

諦めと抵抗、その間で揺れ動きながら隆一は声を震わせた。体はこわばって、抵抗する力も出ない。だが気持ちの面では、自分が半陰陽だと認めたくはなかった。

「知人の英国人医師がこの種の研究をしていてね。彼から論文を借りて読んでいるし、実際の鋭《アルファ》と極《オメガ》にも会ったことがある」

そんな興味本位で肌に触れられ、匂いを嗅がれているのかと思うと、諦めの気持ちが苛立《いらだ》ちに変わる。

「そんな……人を実験動物か何かみたいに言わないでください！」

もう半陰陽であることを認めてしまったようなものだが、言わずにはいられなかった。

畳に突いていた両腕を持ち上げ、体を押し返そうと夏目の胸に手を当てる。

そして彼を突き飛ばそうとした瞬間、頭の奥でカチッと何かがはまる音がした——。

「あ——！」

「これは……」

毛穴という毛穴から、フェロモンが噴き出す。

「嘘だ……こんなっ……」

次の発情期まで、まだ数日あったはずなのに。追いつめられ不安定になった精神状態からか、本能が堰《せき》を切ってしまった。

「……嫌だ、ここでは……」

体が一気に熱を持ち、全身から熱い汗が噴き出す。男性器が持ち上がり、腹の中が狂おしく疼《うず》き出した。

「これが、アンドロギュノス・極《オメガ》……」

腰を落としたまま後ずさりする隆一を、夏目が追いかける。

本に占領された狭い書斎に逃げ場はなかった。すぐに夏目が覆い被《かぶ》さってきて、畳の上に組み敷かれる。力が強い。発情して気もそぞろな隆一に太刀打《たちう》ちできるはずもなかった。たばこの香りが、夏目の呼気から香る。

次の瞬間には唇で唇をふさがれた。

「んっ、やめてください……！」

「それは……無理な相談かもしれない。発情した極《オメガ》を前にして、正気を保つことは難しい。そう一般に言われている」

夏目は苦しげに笑った。

そんなことは隆一もよく知っていた。だからこそ、何がなんでも逃げなければならない。けれど隆一は、夏目の前では魔法にかけられたように体が言うことを聞かなくて……。発情している今はなおさらだった。

このまま流れに身を任せてしまいたい、そうすれば楽になる。そんな考えが頭を支配しようとする。けれどそれでは人としての尊厳を失ってしまう、そこから先は闇だ。

半狂乱になりながら男に抱かれる、自分を産んだ親の姿が頭をよぎった。

また接吻《キッス》で口をふさがれる。怯えているうちに器用な舌に、口の中をあばかれた。

「あ、ふ……」

「極《オメガ》というのは、唾液まで甘いんだね？　匂いだけではなくて」

夏目が恍惚とした声で伝えてくる。

「まるで、砂糖菓子でも口に含んでいるみたいだ……」

味を確かめるように、また舌を差し入れられる。ぬるりとした舌が口の中で唾液を混ぜ合わせた。その淫らな渦の中に、隆一は呑み込まれそうになる。同時に夏目の長い指が胸板の上をさまよい、胸の頂《いただき》を探し当てた。

「……ああっ」

そこに指を絡められると、腰に来るような疼きが生まれる。

「ここがいい？　もう硬くなった」

頂を、指の間に挟んでこねられた。

「ああ、やっ！」

小さな稲妻がいくつも走るようにして、むず痒い刺激が全身に広がっていく。涙が出て、隆一は反射的に彼の着流しの胸元をつかんだ。

「これっ……駄目《だめ》です、どうにかなってしまう！」

「じゃあどんなのがいい？　もっと直接的な方がいいのかな。君は、こんなに甘い匂いをさせて、僕の方がどうにかなりそうだよ」

夏目が苦しげに息をしながら、袴の中に手を入れてきた。

「ああっ、そこはもっと駄目です！」

「だが君も、このままでは収まらないだろう。発散しなければ、ここを出ることもできないし」

「嫌だ！」

隆一はぶんぶんと首を横に振る。

「どうして？　このまま何日か、僕の部屋でもだえているつもりかい？　そんな状況じゃ、僕の理性も持たないよ」

言いながら、男根を根元からつかまれた。

他人の手に触られる未知の感触に、体がぞくぞくと震え出す。怯える気持ちとは裏腹に、先端に指を添えられるとそこから蜜があふれ出した。

「この蜜で、着物を濡らしたくはないだろう」

言いながら、着ていた袴を脱がされる。

大きく、赤くなった自分のそこを目にすると、隆一は泣きたい気持ちになってしまった。

「……こんなの嫌です」

「どうして？」

「おれは人に、こんなふうにされたくない。絶対嫌だって、昔から……」

唇を噛む。

「もしかして、誰とも寝たことがない？」

夏目が戸惑うように視線を揺らした。

「誰とも？」

「つまり、君を求めてくる男と交わったことがないのかと」

隆一は思わず目を見開く。

「当たり前じゃないですか！　おれの知る限り普通、男は男と交わりません。そういうことをするのは変態か、もしくは……」

「極《オメガ》に誘惑された男たち、かな？」

隆一の言葉の続きを、夏目が引き継いだ。隆一は顔をしかめ畳の目を睨《にら》む。

「そう、困ったね」

夏目がかすかな笑い声をたてた。

「こんなに美味《おい》しそうな羊を前に、我慢しろっていうのも酷《こく》な話だけど……。君が必死に守ってきたものを、今ここで奪うことはできないか」

「え……？」

隆一は耳を疑いつつ、夏目の顔を見た。彼は続ける。

「君は極《オメガ》に生まれて……、その上そんなきれいな顔をしているのに、誰にも体を許さず生きてきたんだろう？　それはきっと並大抵のことじゃない。そんな君の思いを、簡単に踏みにじれるわけがない」

隆一は信じられない思いで、目の前の男を見つめていた。

彼の推察通り、極《オメガ》に生まれた人間が、人としての尊厳を守るのは簡単なことじゃない。発情期は息をひそめ、人との接触を避けねばならない。それでも匂いを嗅ぎつけられれば、必死に逃げるしかない。そういう時は大抵、一対多だ。数の暴力に打ち勝つことは容易ではない。そうして発情期をやり過ごしても、正体が知られてしまえばその土地では生きられない。とらえられ、男たちの慰み者になるという末路《まつろ》が待っている。

生きることは緊張と恐怖の連続だ。そのつらさに負け人として生きることを諦めれば、あとは家畜に落ちていくだけ……。隆一自身、尊厳の危機を何度も乗り越えてきた。

「おれは……」

思い出し、こらえていた涙がこぼれる。自分の生きる苦しみを、他人に理解される日が来るなんて思いもしなかった。

夏目は隆一の体を掻き抱き、濡れた目元を唇で拭《ぬぐ》う。

「涙は困る……。哀《あわ》れみの心と同時に加虐心《かぎゃくしん》まで湧いてくる」

「おれを泣かせて嬉しいですか？」

「今はどちらかというと、喘いでもらった方が嬉しいかな？」

目元に口づけしながら、涙で萎《な》えかけていた陰茎の根元をつかまれた。

「あっ……！」

「ここを一旦処理しよう。それで発情が収まるかもしれない」

夏目の提案は甘美《かんび》な誘惑と、一方で危険な匂いを孕《はら》んで聞こえる。

「大丈夫、嫌がるようなことはしないから」

今度はささやき声で答えをせかされた。

「そんなこと……本当ですか？」

戸惑いながら見つめ返す隆一に、彼は苦い笑みで応じる。

「……たぶん。確証はないけれど最大限努力するよ。それでも僕が暴走しそうになったら、大声を出せば隣家に聞こえる。そこの窓から出れば、軒先の樫《かし》の木を伝って隣の庭へ行ける。低い生け垣の向こうが隣の家だ。ああ、池があるから落ちないように」

池に落ちるところまで心配してくれている人が、自分に無体《むたい》を働くとも思えない。

隆一がこくこくと頷くと、夏目は「ありがとう」とささやいて耳元に唇を押しつけてきた。その唇は子供をあやすように優しい。守られているような感覚に、胸がふわふわとあたたかくなった。

そうしているうちに、陰茎を握る指先に力が加えられる。根元を優しくしごかれて、むず痒い熱がそこに集まっていった。

「あ、あっ、夏目さんっ」

思わず腰が逃げる。

「そのまま、楽にしていて……」

根元から傘のところまで、丁寧に引き上げるようにしごかれる。時々先端をこすられると、甘やかな刺激に体が震えた。

「あ……いいっ」

甘いため息が漏れ、頭の中がふわふわとしてくる。いつの間にか湯に浸かっているように、全身が心地よい熱に満たされていた。そしてそのうち、その湯船に溺れ始める。熱くて息ができない。

「……っ、もう、駄目！」

追いつめる手の動きが速くなり――……。

気づいた時には、隆一は彼の手の中で果てていた。

「……あ……」

呆然《ぼうぜん》と、書斎の天井を見上げる。

どういうわけか、いつも自慰だけでは抜け出せない発情が嘘のように収まっていた。体の奥にまだわずかな熱が残るが、おそらくこの感じなら数日後に訪れるはずの発情期までは持つだろう。

隆一は夏目の首につかまっていた腕を解き、体の側面から畳の上に倒れ込んだ。

それにしても、どうしてこうなったのか。しばらくの間隆一は、自分の身に起こったことを頭の中で整理できずにいた。

夏目の左手が伸びてきて、横になっている隆一の髪をそっと梳《す》く。

「落ち着いた？」

「……みたいです」

「よかった」

微笑まれても、顔を見るのが恥ずかしい。

夏目は隆一の体が汚れていないか点検して、自分の右手だけを手ぬぐいで拭った。

畳の上から見上げると、その顔はひどく落ち着いて見える。原因である隆一の発情が収まったことで、彼の昂《たか》ぶりも波が引くように過ぎ去ったのだろう。

「ごめんなさい、手を汚してしまって……」

ようやく身を起こし、隆一は夏目に謝る。

「そんなことは構わない。むしろ僕も……」

「……？」

「……いや」

ただ微笑むだけで、夏目はその先を言わなかった。

僕も……なんなのか。照れくさそうな夏目の横顔を見ながら、胸の中がざわついた。

その時――。

「夏目先生～！」

窓の外から、呼びかける声が聞こえてくる。彼の学校の学生か、もしくはどこかの出版社の人間かもしれない。

隆一は慌てて、脱いでいた袴に足を通した。

「あの、おれはこれで……！」

着物の胸元を掻き合わせ、逃げるように書斎を飛び出す。

「おい、小栗君？」

夏目の少し慌てた声が追いかけてきた。その声を振り切っていくのは申し訳ないけれど、隆一としては今の恥ずかしい自分を人に見られたくない。そして書斎には自分の放った匂いが充満している。そんな場所で誰かと鉢合わせするなんて考えたくもなかった。

海風の香る通りに飛び出してから、二階建ての屋敷を振り返った。そのたたずまいは来た時と同じ、凜とした静けさに包まれて見える。

さっきの出来事は、本当に現実だったんだろうか。

何もかもが非日常的で、まるで別の世界に迷い込んでしまったような気がした。

第二章　鎌倉②

それから四日後――。

隆一は裏長屋の四畳半で、普段より軽い発情期を終えていた。

熱の引いた体で布団から這い出ると、借りっぱなしになっている雑誌が目に留まる。重ねられた雑誌の一番上の表紙に『夏目龍之介』の文字が鎮座《ちんざ》している。布団の中で悶々《もんもん》としていた間にも、何度となく脳裏に浮かんだ人の名だ。

「なつめ……りゅうのすけ……」

以前はその名前が輝きを放って見えたのに、今それを見ると複雑な感情にとらわれる。

若き天才文士は隆一の秘密を言い当て、その上、体に触れてきた。触れられた隆一は発情期でもないのに発情し、彼から慰めを受けるという失態までおかした。

穴があったら入りたい、なんなら自害してしまいたい。

隆一は彼に、存在の危機に直結する秘密を握られている。あの短い時間で得た印象から言って彼は軽々しく秘密を言いふらしたりはしないだろうが、彼に運命を握られているという事実は変わらない。

「運命を握られて、大事なところまで握られて……ああっ、本ッ当にあり得ない！」

雑誌の表紙に向かって嘆いたところで、苛立ちが収まるわけもなく。だいたい落ち度があったのは隆一の方で、夏目は何も悪くないのだ。

落ち度と言えば隆一は、もうひとつひどい失敗をしている。四日前、夏目のところへ絵を見せに行ったはずなのに、その絵を見せないばかりかあそこに置き忘れてきてしまっていた。

あれは営業用の大事な作品だ、取りに戻らないわけにはいかない。けれどあんなことがあったあとで、どんな顔をして彼に会えばいいのだろう。合わせる顔がないとはまさにこのことだ。

「なんであの時、発情しちゃったんだろう……」

思えば夏目には、会った瞬間から心乱されていた。

見つめられただけで息ができなくなる。無遠慮に触れられても、彼の体を押しのけることができなかった。

そしてあの瞬間。

――この甘い匂いは、発情期が近い極《オメガ》で間違いないな。

着物の中に手を入れられ、首筋に顔をうずめられた。

あの人の香り、そして肌の感触が、本来の発情期より少し早い発情を誘発した。

「それって、おれが夏目さんに発情してたんじゃ……」

つぶやいてみて、それは確信に変わる。極《オメガ》も発情期も関係ない、人が人に惹《ひ》かれる、生き物として当たり前の営《いとな》みだ。

雑誌をパラパラとめくりながら、ため息が漏れる。自分が男の色香にやられるなんて、思いもしなかった。やっぱりあの人に会ったらろくなことにならない、それだけは確かだ。

「どうしよう……」

隆一はしばらく思い悩んだ末、重い腰を上げた。まずは瀧のところへ雑誌を返しに行こう、夏目の名前を見ただけで思い悩んでしまうのだから。


時事日報社を訪ねると、瀧は妙にご機嫌だった。受付で来意を告げ、一分も経たないうちに現れたその顔には白い歯が光っている。

「小栗君、今日辺り来るんじゃないかと思っていたんだ！」

隆一としては少々面食らってしまった。約束もなしに瀧に会えるとも限らない、雑誌は受付にでも返せばいいと思っていたからだ。

「これ、すぐにお返しできずにすみませんでした。あと、鎌倉では、はぐれてしまって……」

借りていた雑誌を丁寧に重ねて差し出し、小さくなって頭を下げる。すると瀧は雑誌を受け取り「立ち話もなんだから」と受付奥の部屋を指さした。ただ雑誌を返しに来ただけなのに、奥に通されるとは思わなかった。

そわそわしながら瀧についていくと、奥の六畳ほどのスペースに、洋風の洒落《しゃれ》たテーブルと、座り心地のよさそうな革張りのソファが置いてあった。壁に掛かった絵は夢二《ゆめじ》の美人画だ。ここは、編集者が作家と打ち合わせをするための談話室なんだろう。

部屋を見回し、戸惑いながらソファに腰を下ろすと、さっそく瀧が話し出す。

「鎌倉でのことは、僕が悪かったよ。自分から連れ出したのに、人ごみであんたを見失ってしまった」

瀧は両手をひざについて頭を下げた。とはいえ半拍置いて上げた顔は笑っている。

「あのあと、一人で夏目のところへ行ったんだって？」

「どうしてそのことを？」

「夏目に聞いたんだ。あの日の翌日、あいつがここを訪ねてきた」

そう言いながら瀧がテーブルを人さし指で叩く。

つまり自分のいるソファに夏目が座ったのかと思い、隆一は思わず尻の下を意識した。

「そうですか、夏目先生が……」

「小栗君の居場所を知らないから、僕のところへ来たそうだ」

「それは知っていたら、おれに会いに来たってことですか？」

夏目が自分の部屋に来ることを想像してしまい、動悸が激しくなる。

「……夏目先生は、おれにどんなご用があったんでしょうか？」

「あんたの絵を返しに来たらしい」

「あっ」

のどの奥で声が出た。動転していたが確かに、用があるとしたらそれしかない。

瀧が続ける。

「あんたの絵は受付に預けてあるから、帰りに受け取ってくれ」

「はい。お手数をおかけして、すみませんでした」

瀧に頭を下げながら、隆一は内心ほっとしていた。これで、絵を返してもらうために夏目に会う必要はなくなった。しかし心配事がまだひとつ残されている。

「先生は、他に何か言っておられましたか？」

あの書斎での出来事を、人に知られるわけにはいかないのだ。

「ああ。たくさん話していったよ、あんたのことを」

ドキッとして、瀧の大きな鼻を見つめる。

「いや、正確にはあんたの絵のことだな。趣があって素晴らしいと、たいそう気に入っていた。それからできれば、手元に置きたいと」

「……！　何をですか？」

記憶の中からふいに彼の手が迫ってきて、隆一の体の中心をつかむ。長い指が、その節くれだった関節が動くさまを思い出し、腰に力が入った。

「何をって、あんたの絵だよ。他に何がある」

「そ、それは……そうですね」

自分は何を考えているのかと呆《あき》れる一方で、絵を求められることは自分自身を求められることと本質的にはそう変わらない気もした。

――魂を込めた作品は、裸よりずっと裸だ。

あんな話を聞かされたばかりなのだから。

けれどもやはり、絵を認められたことは嬉しくて、その事実を咀嚼《そしゃく》したところで静かな興奮が体を駆け巡った。

「……なんだ、嬉しくないのか？」

黙ってしまった隆一を不思議に思ったのか、瀧がそんなふうに聞いてくる。

「嬉しいです、嬉しいに決まってるじゃないですか。でも……」

「でも、なんだ？」

絵には自信があるものの、二科展では見向きもされず未だ買い手がついたこともない。そんな隆一の絵を認めてくれた業界人は夏目が初めてで、自分にとってまた彼が特別な存在になってしまうことが重かった。

こんなにも彼が特別になってしまったら、正直どう接していいかもわからない。夏目のことを考えるだけで、心臓が爆発しそうなのに……。

隆一は、混乱と興奮を体の外に逃がすように、ゆっくりと息を吐く。

「ちょっとまだ、うまく自分の中で処理しきれません」

眉根を寄せてつぶやいた。

「なんだ、素直に喜べばいいのに。あんたもまた複雑な精神構造をしているんだな」

瀧が可笑《おか》しそうに笑う。

「ともかく次の単行本は、夏目・小栗コンビで決まりだな」

「そんな、少し絵を褒められただけですよ……」

多少なりとも絵が気に入られたとして、夏目の気に入った画家の中で一番という保証はどこにもない。ところが編集者の勘《かん》だろうか、瀧は確信のこもった瞳をして言った。

「けど僕は、小栗君がいずれ夏目の本に関わることになると思う」


それから二カ月——。

単行本のことはともかく夏目に気に入られたのがきっかけで、隆一のところには挿絵の仕事が少しずつ舞い込むようになっていた。

聞いた話によると、夏目が方々で隆一の絵を褒めて回っているらしい。そのおかげで出版社へ営業に出向けば「そうか、君が噂の」と好意的に迎えられるようになった。以前はほとんどが門前払いだったことを考えれば、その対応は雲泥《うんでい》の差だ。それからだいぶ前に手書きの名刺を渡した相手から、思い出したように仕事の相談が来たりもしている。夏目のお気に入り画家というお墨付きができたおかげで、今までやってきた体当たりの営業が実を結んだと言っていい。

そう広くない東京の出版界では、やはりコネクションがものを言うらしい。


「……と、今回頼みたいのはこれで全部だ」

瀧がテーブルに広げた小説の校正刷《ゲラ》に、挿絵の入る箇所を指定する。いま時事日報社から定期的に受けているのは、児童向け雑誌の挿絵の仕事だった。児童書は挿絵が多く入るから、この仕事をつかんでおけば食いっぱぐれることはない。隆一はこの他にもいくつか、別の出版社から一般誌の挿絵や細かな絵の仕事を単発で受けていた。

挿絵の点数を確認し終え、隆一は瀧に視線を戻す。

「了解しました、今月中には」

目が合って、瀧がふと口調をやわらげた。

「最近、他社の仕事もいろいろとやっているんだろう？　ちゃんと寝られているのか？」

そう言われると確かに、忙しくて寝る間も惜しむことはある。しかしそれがずっと続くわけではなく、忙しい日もあれば暇な日もあるといったところだ。そしてまだ駆け出しの隆一にとっては、仕事で多忙になることは嬉しいことだった。

「なんとか食べていけるくらいのお仕事はいただいていますが、無理が必要なほどじゃありません」

そう答えると、瀧がほっとしたように眉尻を下げた。

「まあ、食えるようになったならよかったよ。あんたのことは、僕も少しは気にかけていたんだ」

隆一はその言葉に少し驚いて、瀧の顔を見つめる。すると彼は照れくさそうに頰を掻いた。

「いや、僕なんかより夏目が強い味方だな」

「夏目先生、ですか……」

由比ヶ浜の下宿に絵を見せに行った時のことを思い出し、胸の奥が鈍い痛みを発する。

あれから二カ月も経つというのに。あの日の衝撃的な記憶は今も頭の中の引き出しの、だいぶ手前の辺りにあって、なかなか過去のものとなってくれなかった。ふとした瞬間に彼の声、彼に触れられた感触を思い出す。はじめはひどく混乱していたのに、何度も記憶をたどるうち、それは次第に甘美なものに置き換わっていくようだった。

もちろん運命を握られ、体に触れられることは怖い。だがもはや夏目は隆一にとって特別な存在で、自分ではそう認めたくなくても確実に、憧れの対象になっていた。

この前などはそわそわしながら彼の作品を買い求め、それを読んで部屋でもだえた。

こうなってしまうとますます夏目には近づきがたい。けれど彼のおかげで仕事が入ってくるようになり、その礼も言えずにいることには罪悪感を覚えていた。

「夏目先生にも、お礼を言いたいんですけどね……」

つぶやくように言うと、瀧が驚いた顔をする。

「会っていないのか？　夏目と」

「瀧さんと一緒に鎌倉に行った日に、一度会ったきりです」

「そうだったのか。僕はてっきり、あんたらはもっと親しいのかと思っていた」

隆一は返答に困り、手元の校正刷《ゲラ》に視線を落とした。

「夏目先生はその後もご活躍なんでしょうね」

ため息とともに、そんな言葉が口からこぼれ出る。

「相変わらずみたいだよ。ついこの間、日本橋《にほんばし》のレストランで彼の出版記念パーティーが開かれた」

瀧が含みのない口調で言った。

「そうでしたか」

華やかな場で祝福を受ける、夏目の姿が思い浮かぶ。そんな明るい場所にいる人に、目をかけられているという実感が隆一にはなかった。会っていないのだから、当然と言えば当然なのだが。

複雑な思いにとらわれていると、瀧がふいに意外なことを口にする。

「けどあいつ、こぼしていたな。作品を出すたび、酷評《こくひょう》ばかり耳に入ってくるって」

その言葉に、隆一は耳を疑った。

「酷評って……？」

「どこの新聞にも書評欄ってものがあるだろ。最近出た中で目立った作品について、文壇のお偉いさん方があぁだこうだと語る。それで今、出版界で一番目立っているのは夏目だからな。作品を世に出すたび、あいつはなんだかんだと言われているわけだ」

そう説明し、瀧は肩をすくめてみせた。

「その書評が軒並み酷評だってことですか？」

「そういうことだな」

「信じられません！　夏目先生は、あんな素晴らしい作品を書かれているのに」

隆一も、彼の作品のいち信奉者として納得がいかない。

「信じられないかもしれないが、事実だ」

瀧が渋い顔でそう言った。それから受付係に言って、新聞を取ってこさせる。

「これなんか、まさにそうだ」

彼が新聞の書評欄を読み上げた。

「『描写の巧みさはあるが、内面に肉薄《にくはく》することのない上辺《うわべ》だけの作品。巧みに書かれても文学的価値は非常に乏《とぼ》しい』……その道の大御所にこんなふうに切って捨てられて、気にしない人間はいないよな」

瀧はいま読み上げた新聞を隆一に差し出す。それを奪い取るようにして読んで体が震えた。

「どうしてこんな、作品を全否定するようなことが言えるんでしょうか……」

「今の文壇の主流は自然主義だからな。夏目とは方向性が違う。正直にありのままの自分を描く、

それを大切にする人たちから見たら、夏目の作品は技巧だけで自分をさらけ出していないように見えるんだろう」

自分をさらけ出す——その言葉に、隆一はそこにない絵筆を握る。

「自画像を描くことだけが、自分をさらけ出すことでしょうか。風景を描こうとヴィーナスを描こうと、そこには作者自身の心が表れずにはいられないはずだ」

「さすが小栗先生だ。芸術の本質をわかっていらっしゃる」

瀧がからかうでもなく言った。

「少なくともおれの心には、あの人の作品が価値あるものとして刻まれています」

そこで瀧が思案顔になる。

「そのこと、夏目に直接言ってやったらどうだ?」

「え……?」

「あいつは君子《くんし》だから酷評も笑って流すが、内心ではかなり傷ついているはずだ。そんな時、あんたみたいな読者の言葉は支えになるに違いない」

「おれの言葉が、夏目先生の支えに?」

そんなふうに思うのはおこがましいかもしれない。けれど、隆一自身は夏目からの評価に甘えているのに、彼の作品については「面白かった」のひと言も伝えていないことに気がついた。

「あの人の作品について言いたいことはいくらでもあったのに、なんで会った時に言えなかったんだろう……」

あの日の混乱しきっていた自分を後悔する。

「だったらなおさら伝えるべきだ」

瀧が背中を押した。

書評の載った新聞を目の端に、隆一は考える。夏目に会うことは相変わらず怖かったが、このまま不義理を続けるのもそれはそれで居たたまれない気がした。

「なんならうちの社から、夏目の勤め先に電話をかけてもいい」

瀧がそんな提案をする。

「いえ、それは……」

最近では会社や商業施設を中心に電話が普及してきているが、隆一は触ったこともない。それに急ぎの用でもないのにわざわざ電話をするというのも、なんだか大げさに思えた。

「直接出向きます」

ようやく意を決し、自分自身に頷きかける。

「夏目も喜ぶだろう」

瀧が満足げな顔で腕組みした。

いくつか溜まっていた挿絵の仕事を片付け、隆一は日曜に鎌倉に出向いた。

駅舎から見えるのはこの前とは打って変わって、雨の景色だった。そういえば、もうそろそろ梅雨入りしてもいい時期である。

雨の中を歩いていくのもなんだしと、江ノ電《えのでん》に乗り換え由比ヶ浜を目指す。そして由比ヶ浜で列車を降りても、雨は収まる気配を見せなかった。

狭い駅舎の中から、ゴロゴロと不吉な音をたてる雨雲を見上げる。まだ昼間だというのに、辺りは日が暮れてしまったように闇に沈んでいる。傘はなかった。

「どうしようか」

ホームから跳ね返った水しぶきを足下に受けつつしばらく待ってみたものの、雨足は強くなる一方だ。濡れた着物で人の家を訪ねるのも気が引けるが、ここでぼんやりしていても仕方ない。隆一は羽織《はおり》を脱いで頭から被り、雨の中へ飛び出した。

二カ月前に来た時は鎌倉駅から歩いてきたから、道順に自信がない。ただここから近いはずだと思い、以前見た景色を探した。

ところが進む方向を間違ってしまったらしい。気づけば隆一は、海に面した通りに出ていた。

愕然としながら海を見下ろす。真っ暗に曇った空の下、海はひどく荒れていた。この砂浜は海水浴場なのだろう。今は戸板を立てられているが、売店らしき小屋がぽつぽつと並んでいた。

夏になればこの道も海水浴客で賑《にぎ》わうのだろうが、今はまだその季節には早い。そしてこの雨とあって道を聞こうにも出歩いている人はいなかった。雨と波の音だけが、その場を賑わせている。

頭から被った羽織は水を吸い、重さを増していた。羽織の吸いきれなくなった雨粒が、頬を伝って顎《あご》から落ちた。隆一はため息をつきながらも、とりあえず来た道を戻ろうと考える。そして振り返ったところで、後ろから来る二人連れの男たちに気づいた。

制帽に帯剣しているその出《い》で立ちからして、彼らは軍人らしい。ここは帝国海軍の横須賀鎮守《ちんじゅ》府《ふ》からも近いし、軍人がうろついていても不思議はなかった。だが雨の中を歩く一人を見て、隆一は何か嫌な予感を覚えていた。きっと関わるとろくなことにならない。無視を決め込み、足早にすれ違おうとする。

ところが――。

「そこのおまえ!」

すれ違おうとした瞬間、男の一人に肩をつかまれた。

「何をするんです!」

「頭も下げんとは無礼な奴だ。名を名乗れ!」

何もしていないのに、名前を聞かれる覚えはない。キッと睨み返すと、肩をつかんでいた男が表情を変えた。

「不審な奴だな。女か、いや、男か?」

品定めするような目が近づいてきて、いきなり顎をつかまれる。男の口元には下品な笑いが浮かんでいた。酒臭い息が顔にかかる。

「放してください！」

顎をつかむ男の手を、ひじで振り払った。

「なんだ、逆らうのか！　こっちへ来い、直々に取り調べをしてやろう！」

二人が目配せしあい、両側から隆一の腕をとらえた。当然この取り調べというのは、正式なものではないだろう。どこかへ連れ込まれて、何かされるに決まっている。

「放せっ！　おれに触るな！」

つかんだ手を振り払おうとしても、二対一では力で敵《かな》わなかった。叫んでも、この雨と海岸に打ちつける波の音で、声は簡単に掻き消されてしまう。

雨を含んで重くなっていた羽織が、水たまりに落ちた。軍人たちは隆一を引きずり、道から下の岩場へ下りていく。

「放せ！　くそっ、誰か！」

「生きのいい奴だな」

「いいから暴れるな、大人しくしろ！」

靴のかかとが岩にこすれ、ガリガリと擦り切れる音がした。

それから砂浜を引きずられ、連れ込まれたところは浜辺の小屋だった。おそらく食事処か何かだろう。砂浜から一段高くなった広い板の間に、ござが無造作に重ねられている。

「ほらよっ！」

男たちの手が離れ、隆一の体はござの上に投げ出された。

「かはっ！」

海の湿気をたっぷりと吸ったござから、かびの胞子が舞い上がった。反射的に口元を押さえようとする隆一の手首を、若い方の一人がすかさずござの上に押しつける。

「放せ！　軍人がこんなことをしていいと思っているのか！」

叫ぶと今度は年かさの方の軍人が、手袋をはめた手で隆一の口をふさいだ。

「生意気を言うな、我々は日々身を粉《こ》にして働いて国を守っているのだ。たまには慰めてもらわねば割に合わん」

男たちは目配せしあうと、二人がかりで隆一の体を押さえ込みにかかった。

「嫌だ、やめて！」

もがくうち、雨で湿っていた着物をはぎ取られた。かびの胞子を含んだ生ぬるい空気が、素肌に直接触れてくる。

日清《にっしん》、日露《にちろ》戦争、欧州戦乱と続き、この国では軍人の力が増すばかりだ。そんな中で不逞《ふてい》軍人が民間人に無茶を働く事件も珍しくない。隆一は自分がその標的になってしまったことを、頭と肌で理解した。

「なんだ、男か。男装の女にも見えたが……下はちゃんと生えているのか？」

着物をはぎ取られたあとは、たった一枚腰を守っていた下帯まで奪われた。股間に晒《さら》されたものを見て、男たちがあざけるように笑う。

「これはまた、ずいぶんときれいな色をしている。どれ、少し遊んでやろうか」

頭にカッと血が上った。

「遊ばれてたまるか！」

怒りに任せ、唯一自由のきく足で男のにやけ顔を蹴り上げる。かろうじてまだ靴を履いていた足が、きれいに男の顎に突き刺さった。

「ぐうっ！　何をする！」

「それはこっちの台詞《せりふ》だ！」

男たちの手が離れた隙に、隆一は全裸のまま立ち上がる。顎を押さえうずくまる男と、それを気遣うもう一人を尻目に、そのまま小屋の外へと飛び出した。

「おい！　逃がすな！」

叫び声を後ろに聞きながら、隆一は一糸まとわぬ姿で海岸へ躍り出る。あとのことなんて考える余裕はなかった。

男たちに引きずられて海岸に下りてきた時の、石段を探して砂浜を走る。海面を叩く大粒の雨が裸の肌に鞭《むち》を打った。

さっきは不審者だと言って難癖《なんくせ》をつけられたが、これでは本当の不審者だ。

男に襲われかけたのは何度目か。だが発情期でもないのにこんなふうに襲われるなど納得がいかなかった。

「くそっ、馬鹿にしている！」

——女か、いや、男か？

品定めされた時の男の顔を思い出す。あの顎に蹴りを入れてきたわけだが、どう考えても仕返しが足りないと思った。あんな汚い場所に押し倒されて、着物を奪われて。裸で海岸を走りながら、悔しくて涙が出てくる。

「おれは、こんなことでは負けない……！」

顔と体に冷たい雨を受けながら、隆一は何度もそう唱《とな》えた。

体が冷えきり、足が前へ進まなくなった頃……。

「あ……」

海岸へ下りてくる、洋傘を差した人影を見る。

慌てて隠れる場所を探し、辺りを見回した時——。

「小栗君！」

聞き覚えのある声にハッとした。

「夏目さん……」

歩み寄ってくる彼は、隆一が水たまりに落としたはずの羽織を抱えていた。見知った顔を見た安堵感《あんどかん》からか、一度は止まっていた涙がまたあふれる。にじむ夏目の姿を前に、裸を恥じる余裕もなかった。

夏目は隆一の姿を見て戸惑いの表情を浮かべたものの、まっすぐに歩み寄ってくる。そして洋傘を投げ出し、その腕に隆一を包み込んだ。

彼の着ている羽織から、たばこの匂いがふわりと香る。その香りがひどく懐かしく、隆一の胸を締めつけた。胸が苦しくて、抱き締められたその腕から離れることができない。

「小栗君」

雨の中ささやくように名前を呼ばれ、顔を覗き込まれた。それで体と体の間に、ほんの少し空間ができる。

「とりあえずこれを」

夏目が着ていた羽織を脱ぎ、隆一の肩に掛けてくれた。たばこの香りのするその羽織が、ひどくあたたかく体を包み込んでくる。隆一は張りつめていた気持ちが緩《ゆる》むのを感じながら、彼の差しかけてくる洋傘に身を寄せた。

夏目の書斎に入り、濡れた体を拭く。

「着るものは、そうだな……僕ので悪いが、これを」

まだ羽織を肩に掛けただけの隆一に、夏目が着替えを差し出した。

「ありがとう……」

隆一は受け取り横を向く。さっきは雨の中裸でいる姿を見られたのに、目の前で着替えをするのが恥ずかしい。

着物を抱えたままもじもじしていると、ふいに横から抱き締められた。

「小栗君の匂いがする」

「アンドロギュノスの匂い、ですか？」

「いや、これは君の匂いだ」

首筋にあたたかな唇が触れた。とくんと胸が鳴る。

普段ならこんなふうに触られたくはないはずなのに、冷えた体をあたためられているみたいで安らぎを覚えた。

「さっきも、君が近くにいる気がして外へ出たんだ。やっぱり……君のことは匂いでわかる」

夏目が自分の鼻を誇るように笑った。ただのもの珍しい生き物ではなく、ひとりの人間として見られているようで隆一は嬉しくなる。

けれど、近くにいることが匂いでわかるなんて本当だろうか。冗談なのか、それとも思い込みなのか。本当にわかるとしたら、それはどういうたぐいの力なんだろう。

隆一はふとそのことを考え込み、それからハッと我に返る。

こうやって心地よく肌を触れ合わせていることは危険かもしれない。また夏目の色香にあてられたら……。

焦《あせ》りを覚えつつ、そっと彼から体を離す。

「……どうした？」

避けるような隆一の仕草《しぐさ》を見て、夏目が不安そうな顔をした。

「あなたといると、どうも、その……」

「この前みたいなことになると、君は困るわけだ？」

「ええ、困ります」

隆一はためらいながらも頷いた。

「そうだね、僕も君を困らせたいわけじゃない」

夏目が自分に言い聞かせるように言う。

「あそこで何があったのかも、聞いてほしければ聞くし、聞いてほしくなければ聞かないよ」

「そのことは……」

聞いてほしくないと言おうとして、隆一は思い直す。彼に無用な心配をかけてはいけないと思った。

「助けてくださってありがとうございます。危ない目には遭《あ》いましたが、何もありませんでした」

そんな短い説明で、夏目は一応納得した顔をしてみせた。

「それならよかった、と言うべきなのかな」

「まあ、よくはありませんけどね。着物はなくなって、こうやってあなたに迷惑をかけているわけだし」

借りた着物を胸に抱き、夏目の顔を横目に見る。三月に会った時と同じ、端整な顔がそこにあった。

この人が夏目龍之介なんだなと、改めて思う。記憶と空想の中にいた人が実体となって現れたようで、不思議な感慨にとらわれた。

目の前にいる夏目は、相変わらず男前ではあるものの思っていたより普通の青年に見える。この前会った時は隆一が怯え、慌てていたせいでもっと怖い印象を得ていたんだろう。

「着物のことなんていいよ。着古しだし、返してくれなくてもいい」

夏目が小さく微笑んで言った。とはいえ返さないわけにもいかないなと思いながら、隆一はその着物を広げる。飾り気はないが上品な紺のつむぎだ。それにそでを通すことに、ほんの少しの昂揚感《こうようかん》を覚える。

「では、失礼して」

隆一は夏目に背中を向け、着替えを始めようとした。

そんな時、文机の上にある灰皿の下に、畳んだ新聞が挟まれているのが目に留まった。その見覚えのある紙面に、隆一は動揺する。表になっているのは、時事日報社の談話室で見せられた夏目をこき下ろす書評だった。その下にもさらに二、三、別の新聞が書評欄を上にして畳んである。それにも全部夏目をこき下ろす書評が載っているのかと想像し、心臓が嫌な音をたてた。

そこから目を離せずにいると、夏目がさっとその新聞をよけてしまう。

「散らかっているね、片付けないと……」

そう言う彼の表情は硬い。酷評を見られて隆一に気を遣わせたくない、そんなふうにも見えた。

夏目がこちらに背を向け、手に取っていた新聞を書棚の隙間にしまい込む。隆一はそんな彼の背中を眺めながら、どうしようかと迷った。

夏目は書評のことに触れられたくないのかもしれない、けれどそのことに触れなければ今日来た意味がなくなってしまう。

――あいつは君子だから酷評も笑って流すが、内心ではかなり傷ついているはずだ。

数日前に聞いた瀧の言葉が頭をよぎった。

意を決して、夏目のそでを引く。

「気にする必要なんかありません！　おれは、夏目さんの作品が好きです」

振り向いた夏目を、隆一は目に力を込めて見つめる。

「瀧さんに言われて、夏目さんの作品を初めて読んだ時には驚きました。あなたの中にある世界は鮮やかで、みるみる引き込まれました。読んだあとは、自分を取り巻く世界が違って見えました。おれの中に、新しい目がいくつも生まれたみたいに」

「小栗君……」

夏目は大きく目を見開き、隆一を見つめ返した。

「その書評を書いた人は、本当に残念な人です。率直に言ってしまえば、おれは不愉快です！」

夏目がいま書棚にしまった新聞を、隆一が引っ張り出す。例の酷評が一番上に見えて、隆一はそれを破り捨てた。

本であふれた書斎に新聞の切れ端が散らばり、足の踏み場がなくなる。夏目は呆気に取られた様子で、畳の上に散らばる新聞の残骸を見下ろしていた。

それから抑えていたものがあふれ出したように、声をたてて笑い出す。

「ありがとう、君は本当に面白いよ」

「別におれは、あなたを面白がらせたいわけじゃありません……」

恥ずかしくなって下を向くと、夏目にぐりぐりと頭を撫でられた。

「好きだよ、君のことが」

さらっと言われて、心臓が口から飛び出しそうになる。

「やめてください。そうやって面白がられても困ります」

「いや、そう言われても面白いよ。きれいな顔をしてきれいな絵を描くのに、嘘みたいに大胆なところがある」

「……それ、褒めているつもりですか」

本当にどんな顔をしていいのかわからなくて、楽しそうにしている彼を睨んでしまった。

「なんだ、照れているのか。僕の作品を褒めちぎっておいて、自分が褒められるのは苦手と見える」

「それは……」

笑う夏目の顔を見ながら、自分の頬が熱を持っているのを感じる。

「ほら、顔が赤いよ」

両手で頬を包み込まれ、鼻先に口づけされた。

「だから……駄目ですよおれに触れたら……」

いたずらのような口づけなのに、恥ずかしくて顔が見られなくなる。

「この前みたいになりたくない？」

今度は唇を合わされた。

「わかっているなら、そんなことはしないでください……！」

彼の体を押しのけようと、夏目の胸に手を当てる。けれども腕に力が入らず、押しのけることはできなかった。

あ……この感じ……。

この前来た時と同じだと思った。襲ってきた軍人に蹴りを食らわせることができても、目の前の天才文士にはどうしてか抵抗できないのだ。

ならば自分の本能の発露を抑え込もうと、顔を背け奥歯を噛み締める。すると夏目がため息交じりにささやいた。

「我慢しているのは君だけじゃないよ」

「え……？」

「そんな格好の君を前に、さっきから僕がどれだけ我慢していると思う」

羽織の隙間から覗く裸の胸元に、夏目の手が伸びてきた。

「……あっ」

胸の先に触れられた途端、冷えていたはずのそこが薄紅色に染まって主張し始める。

羽織の胸元を掻き合わせて隠そうとすると、今度はその腕をつかまえられる。腕を引き上げられ、二の腕を舐められた。ざらりとした舌が、大きな熱で包み込むようにそこを這う。

「性フェロモンは汗腺から放出される。こんな格好では、ほんの少しのフェロモンでも鼻に届いてしまう」

早く着替えてしまわなかったことを隆一は後悔した。けれど後悔先に立たず。体が急激に熱を上げているのを感じた。

舌での愛撫を受けながら、体の力が抜けていく。そして畳にひざを突いた時には、彼の腕に抱き留められていた。

「夏目さん……おれ……」

そのまま、畳の上に横たえられる。

「とてもきれいだ……」

たった一枚着ていた羽織から、腕を抜かれる。一糸まとわぬ姿にされても、体は燃えるように熱かった。隆一を見下ろす夏目の顔も、明らかに上気している。

「おれは、あなたといると我慢できないんです……」

その言葉に応《こた》えるように、夏目が覆い被さってきた。

「それが本当なら光栄だよ」

彼は脇の下に鼻をこすりつけ、そこに舌を這わせ始める。

「我慢する必要はないよ。本能に逆らうことは、君の体にとって負担なはずだ」

「……あっ」

むず痒い刺激に耐えきれず、甘い声がこぼれた。

「だからって、夏目さんの前で……おれはこんな……あっ！」

脇を舐めた舌がだんだんと下がっていき、同時に彼の手のひらが隆一の昂ぶりをとらえた。

「少し……声を抑えて。今日は、他の部屋に人がいる」

彼は舌先でへそのくぼみをたどりながら、手のひらで陰嚢《いんのう》を揉みほぐす。もっと、感じる部分に触れてほしい、そんな欲望が隆一の体を支配した。

体の奥がひどく疼いておかしくなりそうだ。

「夏目さん、お願い……だからっ」

首を持ち上げて、足の間にいる彼を見る。

「僕の前で乱れるのは、嫌だったんじゃないのかい？」

目だけでこちらを見た夏目が、苦笑いを浮かべた。

「でも、これじゃ……」

隆一は耐えきれずに腰を揺する。

「早く、楽になりたい」

思考を支配していた羞恥心を、下半身の欲望が押しのけてしまった。

「わかった、素直な君もかわいいよ」

夏目がふっと微笑みを漏らす。そして次の瞬間、彼は隆一の昂ぶりを口に含んだ。一度深く呑み込み、それから感じやすい先端に舌が絡みつく。

「あっ、そんな……！」

反射的にまた首を持ち上げると、足の間に顔をうずめている天才文士の頭が見えた。乱れた黒髪が色っぽく揺れる。その扇情的《せんじょうてき》な光景に目がくらんだ。

この人に、こんなことをさせるなんて……。

胸を満たす多幸感に気を失いかけた時——。

「あ……」

隆一は、夏目の左手が彼自身の足の間へと伸びていることに気づいた。思えば、発情している極《オメガ》を前に、自らの性欲を制御できる人間はそういない。我慢しているのは君だけじゃない――夏目自身もそう言っていた。

自分だけ果てるわけにはいかない、そんな義務感が隆一の意識を引き戻す。

「夏目さんっ」

体を起こし、彼の下半身に手を伸ばした。

顔を上げた夏目が、驚いたようにまばたきする。

「その……できれば一緒に……」

恥ずかしくて、声が震えた。

着流しの前を押し上げている、彼の猛りに手を触れる。布を隔てても、その硬さと大きさがよくわかった。他人のものを触ったことはなかったが、少なくとも隆一自身のものとは比べるまでもない。

胸を高鳴らせながら彼の着物のすそを割り、下帯を押しのけて猛りに直接手を触れた。

「んっ……」

先を撫でると、夏目が泣き笑いのような顔で眉根を寄せた。その表情に、心を鷲《わし》づかみにされる。

きっとおれは、この人が好きなんだ。そんな思いがこみ上げて、胸を熱くした。

夏目はまぶたを伏せ、ふうっと浅く息をつく。

「君に触れてもらえるなんて、心の準備ができていなかったから……」

「……嫌ですか？」

「嫌なものか、嬉しいよ」

夏目は畳の上にあぐらを掻き、足の間に隆一を抱き寄せた。

彼の足の間に腰を固定されると、隆一の足は自然と彼の腰を挟む形になる。内股の触れあう感触をひどくなまめかしく感じた。

戸惑いながら顔を上げると、顔を寄せてきた夏目と唇が合わさる。首の後ろに手を添えられ、口の中の粘膜をあばかれた。どう対応していいものかと慌てるうち、口の中に施される刺激が気持ちよくなってしまう。

「あ、ん」

接吻《キッス》の興奮が腰に来る。

首の後ろから移動していった彼の手のひらが、二本の竿をひとつにまとめて包み込んだ。

唇を離し、下を向く。蜜をあふれさせたふたつの先端が、花のように赤く染まって咲いていた。

その光景にぞくぞくするような興奮を覚える。

二本を束ねた彼の手に、自分の手のひらを重ねる。するとすぐ、脈打つリズムが伝わってきた。

「声、我慢できる？」

夏目が苦しげに言う。

「……たぶん」

そう返事をすると、彼の手が動き出す。

目を閉じ、歯を食いしばって……まぶたの裏にひとつ、またひとつと花火が上がるのを見た。

先に一度達しかけていた隆一の体は、すぐに彼岸《ひがん》へ追いつめられる。

「あっ……ひとつだけ、言わせて……」

「……うん」

「あなたが好きです、あなたの書くものが、それから……匂いと、体温が」

空へ押し上げられるような快感の中、隆一は切れ切れと言葉を紡ぐ。

「出会えるなんて、思わなかった……」

急激に意識が掻き消されていく中、夏目が耳元でそうささやいた気がした。

それは、どういう意味なのか。

問いかける前に、頭の中の景色が真っ白に消し飛んだ――。

第三章　裏長屋

夏至《げし》も過ぎ、天気のいい日は扇子《せんす》が必要になってきた頃――。

日曜の夏目の書斎に、彼の学生時代からの文芸仲間が集まっていた。

「もしかしたら名前は知っているかもしれない。洋画家の小栗隆一君だ」

友人たちを前に、夏目が隆一を紹介する。

「はじめまして」

たまたま訪問が被ってしまった隆一は、年上の文士たちを前に恐縮しながら頭を下げた。

いつもの書斎で、今日は座る場所に困る。

「君の話は夏目から聞いているよ」

「雑誌で絵を見せてもらった」

「若いのに、だいぶ活躍しているみたいだね」

文士たちは口々に言いながら尻をずらし、座る場所を作ってくれた。隆一は緊張しながら、彼らの輪の中に収まる。

夏目に彼らのような知人友人が多いことは知っていたが、こうして見るとそうそうたる顔ぶれだ。名前を聞いたことのある小説家もいるし、詩人に随筆家、編集者もいる。夏目からひとりひとりを紹介され、隆一は必死に顔と名前を頭に入れた。

それから彼らは作品を批評しあったり、巷では手に入りにくい外国文学の情報を共有しあったりと、飽きることなく議論を交わす。隆一はその輪の中で、ひたすら会話に耳を傾けていた。話についていけないことで、少なからず疎外感を覚えながら。

昼過ぎから日が暮れるまでわいわいと話をして、その会はようやく解散となる。隆一は夏目と話をしたくて来たはずだったが、出版界で活躍する面々と知り合えたことはそれなりに収穫だった。何が次の仕事のきっかけになるかわからない、だからこそ人との繋《つな》がりは大切だ。

二階の書斎から玄関まで下り、皆の一番後ろで靴を履いていた時……。

夏目の腕が腰に回ってきて、ドキリとした。

「君は少し待って」

耳元でささやいて、夏目は他の皆を見送りに出ていく。たったひとり立ち尽くす玄関先で、腰の辺りに残る手の感触が隆一の心をざわつかせた。

階段を上り書斎に戻ると、すぐに後ろから抱き締められた。

「夏目先生……」

数時間続いた文学談義のあとで、ついそんな呼び方になる。

「先生呼ばわりかい？　僕らはもっと親しい関係だと思っていたのに」

夏目がくすっと笑って、隆一の耳たぶを甘噛みした。

「んっ……」

耳にかかる甘い吐息に、密やかなため息が漏れる。

「それにしても長かったね」

「え、何がです?」

「彼らが帰るまで」

ドキッとして、肩の上にある夏目の顔を見る。

「君がそばにいるのに触れられないなんて、なかなかの拷問《ごうもん》だったよ」

頬がこすれあい、また心臓が跳ねた。

夏目は隆一の目元に唇を押しつけ、片手を胸元に滑り込ませる。少し性急な手のひらが肌の上を這い、胸の頂に触れた。

「あっ、夏目さんっ……」

「その声、もっと聞かせてほしいな」

「ん、あっ」

胸の頂を熱心に弄《もてあそ》ばれる。

「君のいい声を聞いておかないと、次の週、ペンの滑りが悪くなる」

「やっ、そんなわけ……」

「嘘じゃないよ。君との触れ合いが、普段の僕の精神を左右する。それは確かだ」

そう言われると隆一も、気分がいい時には絵筆に迷いがなくなる。そういう時の作品は、総じて出来がいい。けれど『精神を左右する』とまで言われるのは大げさではないか。

反論する前に夏目の左手が袴の紐《ひも》にかかった。脱がされてしまえば、そのあとやることはひとつだ。

「駄目ですよ、帰りの列車がなくなります」

彼の左手を上から押さえる。けれども夏目はその手をどけようとしない。

「泊まっていけばいい」

彼は長い指で器用に袴の紐を緩め始めた。

「本当に駄目ですって。おれはともかく、夏目さんは明日授業があるでしょう」

「君を一晩中抱いて、教壇に立てなくなってみたいものだね」

隆一はその発言に呆れつつも、彼とのめくるめく夜を想像してしまう。

「……困った人ですね。その時は学生たちに、なんて説明するんですか」

「シェークスピアを題材に、性愛の奥深さでも説くとしよう」

「とんだ不良教師じゃないですか……」

ため息をつき、彼の手に身をゆだねかけた時――。

「夏目、悪い、その辺に僕の眼鏡《めがね》が――……」

帰ったはずの一人が戻ってきて、隆一は慌てて夏目の腕から抜け出した。

「あれ？　まだいたのか小栗君は」

不審げに見られて、隆一は目を逸《そ》らす。

「おれも借りた本を忘れてしまって……」

「ああ、これだろう」

夏目が友に、眼鏡を押しつける。

「うん、ありがとう……」

友人は不可解そうな顔のまま、部屋を出ていった。

遠ざかる足音を聞き、二人同時にため息が漏れる。隆一は袴の紐を結び直しながら、シェークスピア云々《うんぬん》の辺りは聞こえていたんじゃないかと考える。なんにしても、あんなことをしていたことを知られて困るのは確かだ。

おれももう行きます、夏目を見てそう言おうとした時――。

「僕らの関係は、本当に秘密にすべきものなんだろうか……？」

彼がぽつりとつぶやいた。

「なんでそんなこと……」

隆一としては、その言葉の意図がわからなかった。

「おれの体のことは、人に知られるわけにはいかないんです。そんなこと、あなたもわかってくれていると思っていました」

「そうだね、ごめん……。でも時々、息苦しく感じる時があるんだ。欲しいものを欲しいと言えない、物わかりのいい自分がね」

どう答えていいかわからず、隆一は夏目の顔を見つめた。

夏目が表向きの紳士の顔と、二人の時に見せる情熱との間に矛盾を抱えていることは隆一も感じていた。しかし何がそうさせているのかはわからない。そしてその抑圧を外した時に彼がどうなってしまうのか、想像すると怖かった。隆一自身の秘密も一緒にあばかれてしまうような気がして……。

強い光と闇を同時に宿した、彼の瞳が恐ろしくなる。

この人の中にある光と闇の渦に呑み込まれ、岸に打ち上げられた時はきっと自分は一人だろう。

夏目は隆一とはあまりに立場が違う。彼は天才と呼ばれるような人間で、世間の一番明るいところを歩き、多くの人に囲まれて生きている。一方の自分は吹けば飛ぶような存在だ。

それを考えた瞬間、隆一は彼に向きあうことが急に恐ろしくなってしまった。

「おれは……熱情に流されていただけなのかもしれません」

隆一は夏目に背を向ける。

「あなたのことは好きです、けど後ろめたい関係はやっぱり……」

「小栗君、僕は君を愛おしく思っている。君も僕のことを好きだと言ってくれた、それなのに――…」

「夏目さん！」

隆一は思わず彼の言葉を遮《さえぎ》った。好きだと言ったからといってなんなのだ。そんな浮ついた感情より、悲しいけれども大切なものがある。

「好きとか愛とか……そういうものの前に、おれは生きていかなきゃいけないんです。せっかく上京してきて生きるすべを手に入れたのに、それを失うわけにはいかないんだ。あなたみたいな恵まれた人には、わからないでしょうけれど……」

夏目の顔を見るのが怖くて、下を向いたまま荷物をつかむ。

「帰ります」

「小栗君！」

「今日はありがとうございました」

他人行儀に言って、深々と頭を下げた。


時間が遅いせいか、横須賀線の車両は比較的すいていた。

どっと疲れを感じながら、車両の一番隅の席に腰を下ろす。そして周りを見ると、向かい側の窓に映った自分と目が合う。能面のように表情のない、青白い顔だった。男でも女でもない、何者でもない顔――。

「おれは……」

つぶやいて、体の芯が重くなっていくのを感じた。

洋画家として仕事が来るようになった。東京の出版業界では、少しは名前を覚えてもらえている気がする。そういう自分を見つけられたはずなのに、半陰陽であるという秘密が知られれば、それも簡単に崩れ去ってしまうに違いない。

「隣、いいかな」

ぼんやりしているうちに次の駅に着き、隣に人が座ってきた。顔の浅黒い、がっしりした体格の男だった。男は座席に腰を据えてから、もう一度隆一の顔を見る。隆一は思わず目を逸らした。

発情期でもないのに、匂いを嗅ぎ分けられてしまうのではないかと恐怖する。そんなはずはない……そう自分に言い聞かせ、その時間をやり過ごした。

一人になれる家までの道のりが、今日はひどく遠く感じられた。

賃借している裏長屋が見えてきた時には、隆一はまるで泳いでできたみたいに疲れきっていた。

長屋は東京の下町の奥、昼間でも日当たりの悪い場所にある。いつもそこにはかすかな汚水の匂いと、重苦しい静けさが漂っていた。この空き家の目立つ裏長屋の、隅にある一戸が隆一の住み処だ。

長さのある長屋の前を中ほどまで進み、隆一はそこで足を止める。自分の借りている隅の部屋の玄関先に、誰かが座り込んでいた。

疲れた体が不安にこわばる。玄関先でうつむくその姿に、見覚えがあった。闇に溶け込むような長い髪が、男にしては華奢《きゃしゃ》な彼の背中の上に流れを作っている。

ゆっくりと近づいていくと、妖艶《ようえん》な雰囲気を持つ瓜実顔《うりざねがお》がこちらを向いた。

「操《みさお》……」

隆一はのどの奥で呼ぶ。それは隆一をこの世に産み落とした人物の名前だった。

「どうして操がここに……」

操は立ち上がり、不吉な笑みを浮かべる。

「父様と呼びなさいと、いつも言っているじゃないか。嫌なら母様でも構わないよ？」

彼は信州の山奥の村で、名主の家の座敷牢に囲われているはずだった。それがまるで幽霊のように、東京の片隅にたたずんでいる。

隆一にとって操は、田舎に捨ててきた消し去りたい過去だった。淫らな半陰陽の男。人に蔑まれる存在。隆一は同じ血と体を持つ自分が、彼のようになってしまうことを常に恐れていた。

最も会いたくない人物を目にし、隆一の頬は凍りついていた。

「何しに来た！」

かろうじて威嚇《いかく》の声を発する。

「愛する息子が東京でご活躍だと聞いてね。訪ね歩いてやっとここまで来たのさ」

操の手には、隆一の挿絵が載った雑誌が握られていた。

「山を下りるなんて、よくも名主が許したな」

そういう隆一も、逃げてきた身分だった。誰にも何も言わず、正月の雪山を命がけで下った。自分の生きる場所は他にある、そこへ行けないならこのまま凍え死《こご》んでも構わない。そんな思いで雪道を駆け下りた。

「おまえがあの家からいなくなって、もう半年だ。息子に会いたいと言って、名主に泣いて頼んだんだ」

操の顔に、あざけるような笑みが浮かんだ。当然息子のことは、村を抜け出す言い訳に過ぎなかったのだろう。なぜなら隆一と操の間に、そこまでの情は通っていなかった。

「会いたいなんて、大して親らしいこともしてこなかったくせに！」

睨んでみせると、操は笑いながら隆一に右手を差し出した。

「金をくれよ。あるんだろう、絵を売った金がたんまりと」

隆一はその言葉に啞然《あぜん》とする。

「そんなわけがあるか！　おれだって生きていくのに必死なんだ」

その時――。

「おまえ……」

手のひらを突き出していた操が、ふいに眉をひそめた。

「なんだ、一丁前に男の匂いなんかさせて」

「えっ……」

数時間前、夏目に触れられた時の記憶がよみがえる。肌の上を這っていった手のひら。耳元に吹きかけられた吐息……。その生々しさに、隆一は思わず口元を押さえた。

操が続ける。

「田舎じゃ、男に触れられることをずっと拒《こば》んでいたのに。結局はおまえも――……」

「帰ってくれ！」

操の言葉を遮って叫んだ。

二軒隣の家の戸が開き、そこの住人が驚いた顔でこちらを見る。

「すみません、なんでもありません」

隆一は玄関先に立つ操を押しのけ、自分の家に入った。かんぬきを掛けるそばから、戸を叩かれる。

「それが親に対する態度か！　飲み代くらいくれたっていいだろう！」

「あんたを親だと思ったことはない！」

隆一は戸の向こうへと叫んで、ひと間しかない四畳半の奥へ引っ込んだ。

確かに操は、生物学的には親なのかもしれない。けれど彼は自分本位な性格で、隆一に親らしい情をかけたことはほとんどなかった。そんな操の人格も、人としての尊厳を奪われてきた環境が形づくったものなのかもしれない。しかし、だからといって隆一は、そんな彼を哀れむ余裕を持ち合わせていなかった。

翌朝、恐る恐る部屋の戸を開けると、もう外に操の姿はなかった。

隆一はため息をつき、昨夜のあれが夢幻《ゆめまぼろし》であればと考える。しかし衝撃的な昨夜の出来事が、都合よくそんなものであるはずがなかった。

また操に金をせびりに来られても困る、別の場所へ引っ越そうか……そんな考えが頭をよぎる。けれどここの住所は、売り込みの際に方々の出版社に伝えていて、そう簡単に引っ越すこともできなかった。

それから隆一は不快な出来事の発生を拒むように、何日も部屋にこもってキャンバスに向かった。

美しい人、穏やかな風景。そのほとんどは空想上のものだったが、絵を描くことで心はここではないどこかへ行ける。それは隆一が少年の頃から身につけてきた、現実逃避の手段だった。

一心不乱に筆をふるい、何枚かの絵を完成させた時……。

「……あれ？」

隆一は戸の隙間に挟まれた、一通の封書を見つけた。

恐る恐る手に取ってみると、封筒の裏には『夏目龍之介』の名が記されている。差し出し元の住所も、あの由比ヶ浜の下宿先だ。消印のスタンプは数日前になっている。届いたのは昨日辺りに違いないが、絵に集中していて気がつかなかったんだろう。

胸のざわめきを感じながら、封を切る。

手紙の内容はなんでもない季節の話題が大半で、最後に『この前は悪かった、また来てほしい』と綴《つづ》られていた。

「あの人が謝るべきことなんて、何もなかったのに……」

彼の匂いを嗅ぎ取ろうと、手紙に鼻をこすりつける。それと同時に操の言葉が、耳の中によみがえった。

田舎じゃ男に触れられることをずっと拒んでいたのに、結局はおまえも――……。

「……違う、おれは……」

動悸がして、着物の胸元をつかんだ拍子に手紙を取り落としそうになる。

隆一はその手紙を、普段は目に触れないたんすの奥へしまい込んだ。


それから、二週間ほどが過ぎたある日の夕方。

買い物をしに外へ出た隆一は、近所の街角で不穏な気配を嗅ぎつける。

そこは下町の飲み屋街。夕刻になると狭い通りに、いくつもの赤ちょうちんが灯《とも》る。飲み屋のほとんどは常連相手の小さな店で、普段は穏やかな話し声と、落ち着いた空気に包まれていた。

そんな赤ちょうちんの街角に、今日は妙な空気が漂っている。見ると小さな飲み屋に、中に入りきれないほどの男たちが集まっていた。何かと思って足を止めると、男たちの興奮した声が聞こえてくる。

「おい、いい女だな」

「いや、男だろう」

「そんなのはどっちでもいい。おいあんた、こっちに来いよ！」

飲み屋のテーブルで男たちにそでを引かれているのは、あれから姿を見なかった操だった。

「いいからもっと飲ませてよ。あんたたち、私を好きにしたいんだろう？」

その言葉に男たちがわっと沸《わ》く。操は発情しているのだろう、とろんとした目で隣の男にしなだれかかっていた。

風が吹き、隆一のところまで操の発する甘ったるい匂いが漂ってくる。その匂いに触発されたかのように、腹の奥からムカムカと怒りが沸きおこった。

「何してるんだよ、こんな場所で恥ずかしい！」

店先まで行って操に、買ったばかりの長ネギを投げつける。彼とは関わりあいたくないはずなのに、不快感を抑えきれなかった。

「隆一」

「気安くおれの名前を呼ぶな！　東京にまで来て恥を晒して……本当にどこかへ消えてくれ！」

その場が静まり返り、男の一人が隆一を睨んだ。

「なんだおまえ！」

「いいんだよその子は、私の息子だから」

操の言葉に、男たちの視線が一斉に隆一に注がれる。どの目も充血し、興奮に染まっていた。

「ふうん、息子か。確かによく似ている」

そばにいた男が隆一の肩に手をかけた。触れられた途端に、のどの奥からヒュッと悲鳴のような声が出る。隆一の体は震え、全身の毛穴から冷や汗が噴き出していた。

このままここにいては、操と同じことになる。とにかく逃げなくてはいけない。ほとんど本能的な逃走だった。

買い物かごを投げ出し、来た道を一目散《いちもくさん》に駆け戻る。自宅とは反対方向に走って、途中で気づいて方向転換した。後ろから追いかけてくる気配はない。長屋に戻った隆一は、戸にかんぬきを掛ける。全速力で走って、息が苦しかった。

それから震える体で布団にもぐり込む。現実から目を背けるように掛け布団を頭から被って、ひとり震えた。

しばらくして体の震えと呼吸が落ち着いても、興奮してしまった神経が収まらなかった。そういえば隆一も、操と同じように発情期を迎える頃になっている。

「くそっ、なんでこんな体に生まれたんだよ……」

自分の腕の匂いを嗅ぎ、やるせない思いに包まれる。

そして翌朝から本格的に発情期が来て、そのまま布団から出られなくなった。

自らの手で体の中の熱を排出し、あとはただ泥のように眠る。そんなことを繰り返し、時間の感覚もなくなった頃――。

隆一は、部屋の戸を叩く音を聞いた。

はじめは操かと思った。けれど彼なら戸の外でわめくだろう。そうしないということは、そこにいるのは別の人物だ。ともかく戸にはかんぬきが掛かっている。このまま無視していれば、勝手に去っていくだろう。発情期の今、相手が誰だろうと人に会うことはできないのだ。

諦めの境地《きょうち》で布団の中にいると、ようやく戸の向こうから声が聞こえてくる。

「小栗君、いないのか?」

その声に、胸が震えた。

「夏目さん……」

「小栗君?」

隆一は熱っぽい体を引きずって、戸口に向かう。どうしてか夏目のことだけは、無視することができなかった。

「ごめんなさい、今は会えません……」

先生と呼ばれる人間をこんな貧乏長屋まで来させるなんて、さすがに申し訳ない気持ちになる。

「でも、どうしてここへ?」

「どうしても何も、君のことが気になって。手紙の返事はくれないし、瀧君に聞けば向こうにもしばらく行っていないと言うし……」

操がここへ顔を出してからというもの、隆一の生活は乱れていた。営業回りをする気力はないし、夏目の家に行く気持ちにもなれなかった。

黙っていると、夏目の声がさっきより切実さを帯びたものに変わる。

「前にも言っただろう、君なしでは原稿用紙の上をペンが心地よく滑ってくれない。苦心して書き上げても、どこかぱっとしない。精神を良好に保つためには、どうしても君が必要なんだ」

彼がどうしてそこまで自分に依存するのか、隆一には理解できなかった。夏目ほどの男になら、相手が男だろうと女だろうと、大抵の人間はなびくだろう。隆一としては、そんな夏目と依存しあう関係になるのが恐ろしい。お互いに寄りかかりすぎれば、最後には均衡《きんこう》を崩して倒れるしかない。その時に怪我をするのは間違いなく自分の方だ。

「やめてください!」

戸板越しに、外へ向かって叫ぶ。

「あなたといると、おれは駄目になってしまうんです!」

それは隆一の本心からの言葉であるはずなのに、嘘をついているかのように心が痛んだ。

戸の向こうにいるはずの夏目は、何も答えない。

今、どんな顔をしているのか。そう思うと不安で、急に彼の顔が見たくなった。

「……顔を見せてくれないかな？」

まるで気持ちを言い当てるような言葉に、心臓が大きく跳ねる。

「会いたいんだ、小栗君」

戸板を隔てて聞こえる声がひどく切なげで、胸が詰まった。

「今は会えないって言っているじゃないですか！　おれを困らせないでください！」

八つ当たりのように声をはり上げる。

「おれだって会いたいんです、会って、その腕に抱かれたい」

自分でも大胆なことを言っているのはわかった。けれど発情期の真っ只中だ。気持ちが暴走してしまって止められない。

「でも駄目なんです！　今は、会えないし……それにあなたとは、もう会わない方がいいと思っていて……」

わけがわからなくなって、言葉はそこで途切れてしまう。言葉の代わりに、今度は涙が頬を伝った。

沈黙が訪れる。戸口から離れていく足音は聞こえなかった。きっと彼は、辛抱強くそこに立っている。

それからがたんと戸が揺れた。

「この戸を蹴破っても？」

戸の向こうから聞こえてきた、思わぬ言葉に啞然とする。

「君は僕みたいな大人しい人間が、そんな真似をするはずがないと思っているだろう。でも今は、馬鹿な真似をしたい気分なんだ」

落ち着いた口調が、かえって彼の本気を感じさせた。

「や……やめてください！　ここは借家なんですから！」

慌てて言うと、一変して冷ややかな声が返ってくる。

「だったらどうすべきか考えてごらん」

隆一は思わず部屋の奥を見た。今いる土間の奥には、四畳半の狭い部屋がひと間だけ。縁側もなければ裏口もない。逃げ道なんかあるはずもなかった。

逃げるなら戸を開けて、夏目を突き飛ばしていくしかない。焦る気持ちの中、覚悟を決めてかんぬきに手をかける。

ところがかんぬきを外した次の瞬間には、もう負けが確定していた。戸の隙間から入ってきた腕に肩をつかまれ、後ろの四畳半に押し倒される。

唯一の逃げ道だった戸口の戸が、黒い影の向こうでぴしゃりと閉まった。

「やっと会えたね、小栗君」

暗い部屋の中で、黒い影だったものが夏目の姿に変わる。その顔は隆一の記憶にある彼より、ずっと凄みのある表情をしていた。

「もしかして……怒ってますか？」

隆一が乾いた声で聞く。ただただ驚いてしまって、数分前の涙もどこかへ飛んでいってしまった。

「どうだろう？」

いつもは優美な印象さえ受ける彼の口元が、今は冷たい笑みを浮かべていた。

「少なくとも、こんないい匂いをさせている君を見て大人しく帰るつもりはないな」

覆い被さり、首元に顔をうずめられる。

「君が僕を拒否しても、君の匂いは僕を誘っているじゃないか」

「それは……おれの意思じゃない！」

「君の意思がどうあろうと、運命からは逃れられないよ」

「運命……？」

「君もわかっているだろう。君がその運命を呪おうと、君は極《オメガ》に生まれたんだ」

「――やっ！」

いきなり首筋に歯を立てられた。以前されたような甘噛みではない、歯形が残るような噛み方だった。

「い、痛いです！」

「痛いのは嫌かな？」

「そんなの当たり前です！」

言っているそばから今度は耳たぶに歯を立てられる。ピリリとした痛みが電流となって、指先まで伝わった。

「なんでこんな……！」

「僕の印をつけておきたくなった、君が逃げようとするからだよ」

指を噛み、手首を噛み、乱暴な愛撫が繰り返される。

赤い噛み跡が、一斉に咲いた彼岸花《ひがんばな》のように艶《あで》やかに闇に浮かび上がった。

「は——……」

外から見えるところに印をつけ終えると、夏目は隆一の胸元を開く。

「……あ！」

尖った胸の先に硬い歯が当たった。

「そこは駄目……！」

「食い千切《ちぎ》りはしないよ」

「あんっ！」

耐えられるぎりぎりの強さで歯を当てられる。鋭い歯の間でしごかれ、解放されたかと思うと強く吸われた。

「ああんっ、ああっ！」

何度もそうされるうち、隆一は息も絶え絶えになっていた。

「や、ああっ、なつめ、さ……」

一人でいた時にあった体の疼きが、痛みに上書きされるようにして散っていく。

「よくなってきたんじゃないのか？　声の艶がさっきまでと違う」

「そんな……、ああんっ！」

また胸の先を噛まれ、頭が真っ白になった。体が硬直し、背中が弓なりになる。そして頭の芯まで、突き抜けるような快感が広がった。

反動で体が弛緩《しかん》し意識が飛ぶ。それから隆一は仰向けのまま目を閉じて、しばらく放心した。

「嘘だ……こんなふうにされて、気持ちいいなんて……」

「痛みと快感は紙一重だよ。特に、今の君の体にはね……」

呆然としている間に、夏目はまた下へと移動していく。

脇腹に歯を立てて、それからもっとやわらかい部分へ。

「あ――」

ひざを抱え上げ内腿に歯を立てられた時には、思わず甘い悲鳴が漏れた。

「また、声が変わった……それに」

下帯の上から、手のひらで男性器をなぞられる。いつの間にかそこが大きく主張し始めていた。

「ここも、触れてほしがっている」

「……っ！」

羞恥にカッとなった隆一は、その手を避けて足を閉じる。そのまま彼に背中を向けようとすると、後ろから腰を引き寄せられた。

「今日、君を逃がすつもりはないよ」

背中側から手が回ってきて、足の間を刺激される。

「……けど、ここを慰めるのはあとだな」

「……え？」

「本当に欲しいのはこっちだろう？」

逆の手が尻の方から割れ目をたどった。ぞくっとして、反射的に腰が跳ねる。

「なんで……そこ……」

未知の場所に触れられて、焦ってしまう。けれども後ろから腰を押さえ込まれていて、身をよじっても逃げることはできなかった。

「そこは駄目だって、前にも言いました……！」

懇願するように視線を向けると、夏目の口角が上がった。

「極《オメガ》が発情する原因はなんだと思う？　男の体であっても、直腸の奥に子を宿すための器官があるからだ。その器官で作られるホルモンが排卵を促し、君を定期的に発情させる」

ゆるゆると割れ目をたどっていた指先が、くぼみを探し当てる。

「つまり、刺激を求めているのは体の奥の方。本当はここを満たしてやれば――……」

怖くなって、ふるふると首を横に振る。その間に彼の指先が布を押しのけ、直接中へと入ってきた。

「あっ、そんな！」

内側をあばかれる生々しさに、背筋が凍りつく。それでも彼の指は遠慮を知らなかった。指先がくるくる動いて壁を押し広げ、また奥へと進んだ。

「う……ああっ」

「まだほんの少ししか触っていない」

そう言われても内臓をひっくり返されるような感覚に、汗が噴き出す。夏目は指をさらに奥へと進めながら、隆一の背中を抱きすくめた。

「指だと、この辺が限界かな」

奥まで入った指が、中でうごめき出す。

「うあ、あああ！」

内側の壁を指先で引っ搔くようにこすられると、なんとも言えないむず痒さがそこに停滞した。ところが別の一点を指先がとらえた時、体中に電流が走る。

「あっ、そこ！」

「……ここがいいのか？」

体をこわばらせる隆一に、夏目が問いかけた。

声にならない声で返事する。

「なら……」

指を増やされ、そこを重点的に責められる。

「あ、いいっ、も……だめ！」

支離滅裂《しりめつれつ》な悲鳴をあげながら、隆一の体は急激に高まっていった。

息もできずに、高い空を駆け上がるような感覚に怯える。でも止められない、怖い、向こう側に行きたい。

次の瞬間、目の前の景色が明るい光に消し飛んだ。

前屈みに倒れ込み、夏目の腕に支えられる。

目を開けると畳の上に、隆一は精を放っていた。

嘘だ、こんなことで……。まだおぼつかない意識の中、ひどい羞恥心を覚える。

「……小栗君？」

後ろから顔を覗き込まれ、思わず顔を背けた。

「見ないで！」

「どうして……」

「もう嫌です！」

背中で、夏目の困惑する気配を感じる。

怒鳴ってしまった罪悪感と、わかりあえない孤独と。それでも背中に寄り添ってくれている彼が、悲しいほどに愛おしかった。

自分は淫らで恥ずかしい存在だ、それなのに図々しく愛されたいと望んでいる。

うらぶれた長屋の四畳半を眺めながら、そんな現実が痛かった――。

第四章　鎌倉《かまくら》③

「夏目《なつめ》が、単行本の装丁をあんたに頼みたいと言っている」

瀧《たき》から聞かされたその話に、隆一《りゅういち》はどんな顔をしていいのかわからなかった。

夏の土用《どよう》の丑《うし》の日の翌々日、場所は時事日報社《じじにっぽうしゃ》のいつもの談話室だった。瀧の角張った顔を、隆一はしばらく呆然《ぼうぜん》と見つめる。

「どうしたんだ小栗《おぐり》君。夏目の本の表紙をあんたの絵が飾るんだぞ？　一躍有名人じゃないか」

「はあ……」

ひざの上で握る手の指には、まだ生々しい噛み跡が残っている。

――僕の印をつけておきたくなった、君が逃げようとするからだよ。

あれから十日。体につけられた彼の印を見るたびに、あの日の記憶がよみがえった。

あの時のあの人は、なんだかいつもと違った……。

あんなふうに求められたら、おれは……。

「ん、訳ありか？」

上《うわ》の空になりかけていた隆一の意識を、瀧の声が呼び戻す。

「訳ありっていうか……あの人から仕事を回してもらうのは、少し虫がよすぎる気がして……」

「夏目と何かあったのか？」

瀧の視線が手元に向けられた気がして、隆一はとっさに指の噛み跡を隠した。

「何もないですけど、ただ、おれが会いたくないんです」

「会いたくないって、それはただごとじゃないだろう。あの男に襲われでもしたか？」

弾かれたように瀧の顔を見る。

「あの……、冗談で言っていますよね？」

半信半疑で聞いてみたが、瀧は真顔のままだった。

「他はともかくあんたなら、あの君子《くんし》を惑わせても不思議はない気がする」

「惑わせるって……」

何も知らない瀧から見てもそうなのかと、ため息が出そうになった。

十五で初めての発情期を迎え、あれからもう五年。自分自身が嫌悪している生き物に、隆一はどんどん近づいていっているのかもしれない。夏目が言うところの『運命』からは、逃れることができないのか……。

そこで瀧がポンとひざを叩いた。その軽快な音が、落ち込んでしまう隆一の心を一時的にでも浮上させる。

「まあ会いたくないならいいけどさ！　それででかい仕事を逃がすのはもったいない。会わなくたって絵は描けるんだし。そうだ、とりあえずこれを読んでみろ」

「これは……？」

いきなり渡された原稿用紙の束に、きょとんとする。

「夏目が単行本用に書き下ろした小説だ」

「もしかして……生原稿ですか⁉」

「ああ。普通はこんなもん人には貸さないんだが、あんたなら構わない」

「えっ、と……」

こんな大切なものを貸されても困ると思ったが、読んでみたいという気持ちの方が勝ってしまった。


角形封筒に入れた原稿を大切に抱えて裏長屋に帰り、四畳半でそれを開く。

原稿用紙に並ぶのは、前に貰った手紙と同じ文字。間違いなく夏目本人の手によるものだった。万年筆でさらりと記された、曲線の多い字体。その印象はやわらかいが、小さめの文字で原稿用紙のマス目にしっかりと納められている辺《あた》りは、神経質な匂いもする。

そんな中で隆一が驚いたのは、縦線で消しては直した箇所の多さだった。書き直しては眉をひそめ、考え込んではたばこをふかす。そんな夏目の姿が目に浮かぶ。

そして隆一は、原稿から彼の孤独を嗅《か》ぎ取っていた。

力強い文体で読者を魅了する彼が、日々苦悩しながら執筆に取り組んでいるとは誰も思うまい。天才にとっても、創作は孤独な戦いなのだ。

「夏目さん……」

思い立って、たんすの奥からあの日の手紙を取り出した。最後に『また来てほしい』と書かれた手紙。これも原稿の手を止め、思い悩んで書いたものなんだろうか。ひと文字ひと文字を確かめるようにして、手紙を頭から読み直す。原稿と違うよどみないペン運びは、おそらく別の紙に下書きしてから清書した結果だろう。

「また来てほしい、か……」

甘い恋文に、そっと唇を押し当てる。

「ちょっと……こういうのはずるいですよ」

会いたくないはずなのに、会いたくて仕方がなかった。

会えば必ず心が掻き乱される。自分の中に育ててきた価値観が、大きく揺さぶられる。抗《あらが》えない交わりに、心も体も傷つけられて……。それなのに彼に引きつけられてしまう、この引力の正体はなんなのだろう。

手紙を元の場所にしまい、壁の暦《こよみ》を見る。

迷いながらも、隆一の目はもう次の休日をとらえていた——。

日曜、海岸通りにある夏目の下宿先を訪ねると、珍しくこの下宿の奥方が出てきた。見るからに人のよさそうな中年女だ。

彼女は隆一の顔を見て、申し訳なさそうに眉根を寄せた。

「龍之介《りゅうのすけ》さんでしたら、人にお会いなさると言って出かけていかれましたよ」

「え……、そうでしたか」

「小栗さんは、東京からいらしたんでしょう？」

「ええ、行き違いになってしまったようです」

奥方には気の毒がられたが、約束して来たわけでもないので仕方がない。隆一は土産《みやげ》に買ってきた鳩サブレーを奥方に渡し、来た道を戻ることにした。

他家の庭先に咲く紅色のハマナスを横目に見、海の香りを運ぶ風に髪を乱されながら歩いていくと、由比ヶ浜《ゆいがはま》の小さな駅が見えてくる。夏を迎えたその駅は、普段とは違った賑《にぎ》わいを見せていた。麦わら帽子の人々を見て、隆一はそろそろ自分にもそんなものが欲しいと思う。

そんな時、駅前の喫茶店から出てくる夏目の姿が目に映った。

声をかけようとしてハッとする。

夏目が後ろを向き、続いて店から出てくる少女に手を貸した。少女は、はにかむような笑みを浮かべ、夏目の手を取る。彼は今まで見たこともないような優しい視線を彼女に向けていた。

少女は十代半ば頃だろうか。柔和《にゅうわ》な顔立ちにあどけなさが残るが、夏目を見上げる表情は自分が女だということを自覚している気がした。男でも女でもない自分とは違う、確固とした自信。隆一はそれを少女の笑顔の中に見てとる。相手に受け入れられ、守られる立場だからこそできる顔だと思った。

鬱屈《うっくつ》した感情が胸に渦巻《うずま》く。嫉妬《しっと》、疑い、自分だけが蚊帳《かや》の外に置かれたような疎外感。見たくもない光景を前に、その場から動くことができない。道に立ち尽くしたまま、額にじわりと汗がにじんだ。

夏目は少女を駅舎の中まで連れていき、少しして出てきた。いま電車が発車していったところを見ると、それに乗って帰る彼女を見送ってきたのだろう。駅舎から出てきた夏目に、声をかけようかどうしようかと迷う。まるであとをつけてでもいたみたいだし、見てはいけないものを見てしまった気がしていた。

ところが夏目の方も隆一を見つけてしまう。

「あ……」

向こうから来る夏目と目が合った。

「悪かったね、僕を訪ねてきたんだろう？」

目の前まで来て、夏目が優しい声で言う。

「お宅まで行ったら、留守だと聞かされて戻ってきました」

いま偶然会ったような会話をしながら、彼の顔がまっすぐに見られなかった。

「どうしたんだい？」

夏目からそう聞かれ、思わず聞いてしまった。

「今のご婦人はどなたですか？」

「見ていたんだ」

「見たくて見たわけじゃありません」

「友人の妹だよ」

それを聞いてほっとしたのも束の間。

「彼女を、嫁に貰おうかという話になっていて」

そう続いた夏目の言葉に、我が耳を疑った。

「嫁に貰う？　いったい誰の……」

「僕のだよ」

「ちょっと待ってください、意味がわからない」

今までの彼の言動を振り返って、整合性が取れない。

「あなたは、あれだけおれに言い寄っておいて、それとこれとは別って考えですか」

彼につけられた体中の印だって、ようやく癒えたばかりなのに。

「小栗君」

夏目がひとつ咳をする。

「その話は、帰ってからにしようか」

怒りに任せ帰りの電車に飛び乗る勢いだったが、先に夏目に手首をつかまれてしまった。

夏目の下宿先の家に入り書斎の前まで行ったところで、隆一はようやく握られていた手首を振りほどく。

「ここでおれに指一本でも触れたら殴りますから！」

「殴ってもらって構わないよ」

夏目は微笑ましげに目を細めた。女と見間違われるような隆一が吠えても子犬並みの威圧感しかないのだろうが、笑われるとさすがに頭にくる。

「何から話せばいいかな？」

前の廊下に繋《つな》がる障子《しょうじ》を開け放ったまま、夏目はいつものように文机《ふづくえ》の前に座った。その余裕の表情を見ながら、隆一は彼に会いに来てしまったことを後悔する。

「おれが馬鹿でした、あなたとはもう会わない方がいいと思っていたのに。単行本の仕事の話なんかを聞かされて、心動かされてしまって……」

「じゃあ、本の話は……」

「お受けできません！　これまで散々世話になって、こんなことを言うのは心苦しいですが、あなたに甘えるのは嫌なんです」

「そう……」

夏目が視線を外し、髪を掻き上げた。

「どうして僕は、そんなに君に嫌われてしまったんだろうね」

隆一も嫌いなわけではない、むしろ好きだと思う。けれど逆らえない引力で結ばれて、そのまま自分だけ落ちていくのが怖かった。そして現に夏目には、自分以外にも相手がいた。きっと切り捨てる時が来れば、この男は自分を残酷に切り捨てるだろう。そんな不誠実な男を好いている、自分自身にも腹が立った。

「嫌われるようなことをしている自覚はないいんですか」

「君の言いたいことはわかるよ」

「だったらもう、おれのことは解放してください」

そう言いながら、締めつけられるような胸の痛みに声が震える。

廊下に立ったまま、座っている彼を見下ろしていると、そのまつげが切なげに揺れたように見えた。

「嫌われても、君を諦《あきら》められる気がしないんだ」

「だったら、なんで結婚なんか……」

「君は僕に結婚してほしくないわけか。君は僕を拒絶しながらも、独占したいという相反《あいはん》する願望を抱いている」

「それは……」

答えに詰まる隆一を見て、夏目がつぶやくように言った。

「ここは喜んでいいところかな?」

「……っ! 何ずるいことを言っているんですか!」

「ずるいだろうか?」

「ずるいですよ。あなたはおれとあの子を天秤《てんびん》にかけてみせて、それでおれを脅しているんだ」

「脅しか」

夏目の瞳が、妖《あや》しい光を帯びる。

「それで君が僕のところに来てくれる気になるなら、僕としてはとても都合がいいな」

「そんな身勝手な……。そこまでおれに執着するなら、そもそもなんで結婚なんか……」

はじめの質問に戻ったところで、夏目が小さく息をつき語り始めた。

「僕の家はもともと、徳川《とくがわ》将軍に仕《つか》えていた士族の家柄なんだよ。僕は、そこへ跡取りとして貰われてきた養子で。だから子供の頃から、家を守るために育てられてきたんだ」

「そんな話、初めて聞きました」

隆一は戸惑いながらも、その話に引き込まれる。

「こんな野暮な話、気のある相手にはあまり話したくないよ」

夏目は困ったように笑って続けた。

「それで跡取りの使命はなんだと思う? 考えるまでもない、子を成し家を次の代へと繋ぐことだ。当然嫁は、家の格式に合うところから貰ってくる必要がある」

「じゃあ、さっきの子は……」

「家が認めたちょうどいい相手だよ」

彼は淡々と語った。

「ちょうどいいって……好きじゃないんですか？」

「もちろん好きだよ、かわいいと思う。そばに置けば、きっと愛着も湧いてくるだろうね」

語る内容とは裏腹に、その言葉はどうしてか虚《うつ》ろに聞こえる。少し遅れて、言葉に感情が乗っていないからだと隆一は気づいた。

夏目は続ける。

「君は、僕が冷めていると思っているんだろう。でも結婚すれば家族になるんだ。愛情が深ければあとはそれを徐々に失うしかない。そういう毎日を送るのは、とても気が進まないな。庭の草木を愛《め》でるように、飼い猫でも愛するように、相手のことを好きになる。長く一緒に暮らすなら、それくらいがちょうどいい」

夏目は無感情な目で、窓の外の樫《かし》の木をとらえていた。そこに止まっているのだろう、あぶらぜみがジーッと長く響く声で鳴く。彼は眉ひとつ動かさない。騒音の中にいても、何も聞こえないかのように。

隆一はそんな夏目の横顔に、真っ暗な空洞《くうどう》を見てしまった気がした。

「なんなんですかそれは……あなたの本音は、いったいどこにあるんですか……」

「本音？」

彼の目がようやくこちらを向いた。

「そんなものの介在すべき場所が、今の話の中にあったかな？」

暗い瞳にとらえられ、隆一は立ち尽くす。

「家での役目を果たすにあたって、僕の感情なんて関係ないだろう」

言葉がなかった。この自由主義の時代に、この男は何を言っているのか。

いや、家のための結婚なんて巷《ちまた》ではよくある話だ。けれど、華やかな文学界の新星がそんな古い制度に縛られているなんて想像もできなかった。

「待ってください！　あなたほどの人が、家制度の下では単に子を成すための道具なんですか？　そういうのは、女やおれみたいな体の人間が引き受けた呪いだと思っていたのに！」

夏目は少しの間隆一を見つめ、それから悲しげに笑った。

「身分や性別に縛られていない人間なんて、世界中どこにもいないよ。加害者と被害者の区別こそあれ、それはすべての人間にとって呪いだ」

「そんな……だったら自由と平等は、この世界にはないんですか？」

「そこに近づきたいと多くの人は望んでいる、けれど本当の意味での自由と平等は、空想の中にしか存在しないだろうね。少なくとも僕はこの世で、それをつかむことはないと思っている」

ただただ唖然《あぜん》としてしまった。隆一は自分が世界で一番不自由な人間だと思っていた。けれどもそうではないらしい。

隆一は不幸な身の上だけれども、自分の手で自由をつかみ取ることはできる。むしろ、そうできるということは潜在的に自由を持っているのだ。

けれど夏目は違う。優れた資質を持っていたがために養子として貰われ、世間一般より恵まれた環境で育てられた。だがそれは自由と引き替えのものだった。子供だった彼はおそらくその交換を選択すらしていないだろう。養子縁組はきっと周りが決めたことだ。

夏目が言う。

「僕はね、好きな相手を選んだりできないんだよ。だから君に選ばれたいと思う。君は僕と違って好きな相手を選べるじゃないか」

「選ぶのはおれなんですか」

夏目は肩をすくめる。

「そうだね、君なら僕の運命を変えられる」

「そんな……あなたはおれに『運命からは逃れられない』と言いました。自分の運命からも逃れられないのに、おれにあなたの運命を変える力なんか……」

「そうだろうか？」

夏目の瞳に挑戦的な光が宿った。

「僕はね、君と出会うまでは諦めていたんだ。自分は人を愛することも、求めることもないだろうって。たとえ愛しても、僕はその人を選べないんだ。そんな空《むな》しいことを続けられるはずがない。それが君と出会って変わった。君に惹《ひ》かれて、頭よりも感情で動ける自分を発見した。初めて生々しい心の動きを体感した。生きている実感を得た。君には僕を壊して作り替えるくらいの引力がある」

夏目は自分に、運命の鎖を引き千切《ちぎ》るきっかけになることを期待しているのだ。そのことに気づいた時、隆一は廊下に突っ立ったまま身動きが取れなくなってしまった。臆病な自分にいったい何ができるのか。彼と一緒に破滅することなんてできない。

隆一は首だけ動かし、廊下の先にある下り階段を見る。頭の中で何者かがささやいた。このまま逃げ帰ってしまえば、彼に出会わなかった頃に戻れるかもしれない。どうせ今までだって、逃げ続ける人生だったんだ。

夏目のいない世界を考えてみる。心を揺さぶられることも、掻き乱されることもない世界。また絵に向き合って、それに没頭して、細々とは食べていけるだろう。けれどそれには、考えられないような喪失感が伴《ともな》って……。

そこでハッとした。隆一はこの恋に身を投《とう》じることで、自分を失ってしまうような気がしていた。けれどこの恋から逃げることでも、魂《たましい》は死んでしまうのかもしれない。

もう一度夏目を見る。

「おれなんかのためにあの子との結婚を断ったら、その先あなたはどうなるんですか」

「家を捨てる覚悟は要《い》るね。教師の仕事も辞めることになるかもしれない。親を捨てるような人間に、帝国軍人の卵を育てる資格はないだろうからね。そっちを辞めても今ならペン一本で食ってはいけるが、実家の力を考えると、そこにも逆風は吹くだろう」

夏目がかなり難しい立場に立たされることは、隆一にも理解できた。

「あなたはどれだけ重い選択をおれに強《し》いるんですか。無理ですよ！　おれの人生はほとんど逃げることだ。そんなおれに何かを選ばせようなんて！」

叫ぶ隆一から、夏目は目を離さなかった。

「僕は君に選ばれることを心から期待している。けれど選ばずに逃げるのも、それは君の選択だ」

「選ばずに逃げる……今回そうしても？」

「僕は文句を言えないね。ともかく、ゆっくり考えてくれたらいい」

そう言われ、隆一は肺に溜まった重い空気を吐き出す。

「……帰ります」

気持ちの負荷が大きすぎて、ここに立っているだけで押しつぶされそうだった。きびすを返しながら、去り際にもう一度夏目の顔を見る。

と、その顔が青ざめて見えてハッとした。そういえば今日の彼は、どこか精彩《せいさい》を欠いている気がしていた。廊下から彼のいる文机の前までは少し遠い上に逆光だ。さっきまでも向かいあっていたのに、立ち位置のせいで顔色の悪さに気づかなかったのかもしれない。

「あの……、夏目さん？」

一旦階段へ向けたつま先を引き戻し、声をかけた。ところが夏目は顔を背け、手のひらでこちらを遠ざける仕草《しぐさ》をする。

「え……？」

どうしようかと思った瞬間、夏目が咳き込んだ。それからも一度乱れた呼吸が、なかなか整わない様子で……。

「……大丈夫なんですか？」

ひゅうひゅうと苦しげな息の音を聞き、ひどく不安になった。

「なんでもないよ、たばこのせいだ」

「さっきから吸っていないじゃないですか」

夏目の声に動揺が含まれている気がして、いっそう不安になる。

足が勝手に前へ出て、隆一は浮かせた足の下にある敷居《しきい》を見た。今日は彼に近づきたくなくて、頑《かたく》なにこの敷居をまたがなかったのに。

もう一度夏目の方を見る。丸めた背中が小刻みに揺れて……もう駄目《だめ》だった。

隆一は書斎に飛び込み、彼に駆け寄った。背中に手を触れ横顔を見る。こほんとひとつ咳をして、夏目は呼吸を整えた。

「指一本でも触れたら……、殴るんじゃなかったのかい？」

彼は口の端に皮肉な笑みを乗せる。

「こんな時に意地悪を言わないでください」

「僕が君に、この前みたいなことをしないとも限らないよ」

隆一はぐっと拳《こぶし》を握り込む。

「この前みたいなこと？　できるものならしてみたらどうですか！　おれを散々辱《はずかし》めておいて、自分だけ格好の悪いところを見せたくないなんてそうはいきません！」

挑発してみても、夏目はこっちを向かない。隆一は思わず、彼の胸ぐらをつかんで引き上げた。勢い余って、額同士がぶつかる。間近に見る夏目のまつげが、濡れて艶めいていた。その端整な顔に落ちる影が、彼の退廃的な色気をいっそう際立たせている。

「ああ、もう！　……こうなることはわかっていたんだ」

隆一はつぶやき、夏目の唇を口づけでふさいだ。そして口づけの心地よさに溺《おぼ》れてしまう前に強引に舌をねじ込む。彼ののどの奥から、くぐもった声が漏れた。

その声が腰に来るのを感じながら、隆一は夏目を畳の上に押し倒す。バタンと音がして、背中から倒れた彼が目を見開いた。隆一は彼の脇に腕を突き、その顔をまっすぐに見下ろす。

「あなたは隠し事が多すぎます。出会ってからそう長くもないし、知らないことが多いのは仕方ない。けれどそれでも……大切なことをあえて言わないのは許せません！」

着流しの襟《えり》を両手でつかみ、胸元をくつろがせた。露《あらわ》になる胸板に手のひらを沿わす。その性急な愛撫に、夏目が慌てた声をあげた。

「君は、何をそんなに怒っているんだ、僕に何を言ってほしい」

「わかりませんか。あの子といるところをおれが見なかったら、結婚のことは言わなかったでしょう！」

「それは……確かにそうだろうね、言うきっかけがなかったし」

「認めるんですか」

鎖骨に歯を立てながら、隆一は上目遣いに夏目を見る。

「あの子に触れた手でおれに触るなんて、本当に気に入らないです」

彼女の手を引いていた彼の右腕をそでから引き抜き、今度は上腕の辺りに歯を立てる。夏目がかすかに顔をゆがめた。

「右腕は商売道具なんだ、お手やわらかに頼むよ……」

「その商売道具で今までおれに、いろいろしてくれましたけどね」

隆一の体を慰めたのも、強引に押し倒したのもこの右手だった。ペンだこのできた長い指が、憎らしくて愛おしい。中指を口に含んで、怪我させない程度に甘噛みした。

それから指の形を口の中でなぞると、その手に触れられる感触を思い出す。体の芯が熱くなった。

「君にするようなことを、あの子にしたことはないよ」

「手を繋いでいたじゃないですか」

「そんなことに嫉妬しているのかい？」

夏目が驚いたように言った。

「そんなことでも、嫌なものは嫌です。あんな若い娘に嫉妬するなんて、そんな自分も情けなくて嫌ですよ」

「そう。でも君のそういう感情的なところに、僕はとても惹かれている」

隆一としては、そうやって慰められるのも癪《しゃく》だった。

「だったらもう少し、感情に身を任せましょうか！」

無理矢理広げた襟元から、容赦なく手を入れる。目隠しするように目元に唇を押し当て、体の線をあばいた。

骨張った肩や胸を撫で回し、腹筋の辺りに顔をうずめる。よく締まった体を感じながら、その肌に口づけを落とした。乱れた呼吸に合わせ、彼の腹筋が上下する。そこからへそに向かって唇を這わせていくと、夏目が甘い声を漏らした。

「んっ……」

まだ触れていない下腹部が、帯の下辺りを押し上げる。

「触れるの、嫌いじゃないですよね？」

着流しのすそを割って手を入れた。布一枚を隔て、彼の猛りを指先でなぞる。男らしいそこが、びくびくと反応した。

「……小栗君」

学生の悪事を指摘する教師の声、けれどその声もどこか余裕がない。隆一は彼の猛りを握り、着物の中から取り出した。外気に触れた途端《とたん》にそこは、さらに大きくなる。

「あと、体のことも教えてもらっていません」

「体？」

「ええ、どこか悪いんですか？」

夏目の表情を窺《うかが》いながら、右手に握ったそれに舌を添える。

「それは……」

やっぱり『体に聞く』のは有効なのか、夏目の表情に動揺が走った。

「本当のことを言ってください」

「何もないよ……」

「おれの目を見て言えますか？」

夏目が肩を震わせ、上半身を起こした。隆一は彼の足の間から、上目遣いに見上げる形になる。

「こんな景色を見せられちゃ、頭が働かない」

夏目は隆一の髪に指を絡め、甘い息を吐いた。

「何も考えずに白状したらいいんです」

勢いと苛立《いらだ》ちに任せ先端を口に含む。

「……っ、小栗君」

夏目が慌てた声をあげるが、隆一はひるまなかった。先端のくぼみや裏筋を、舌を使って探り始める。反応の返ってくる部分を重点的に責めると、やがて追いつめられたような声が頭上から聞こえてきた。

「んんっ、あっ……少し、待って」

夏目は隆一の頭を、やんわり押しのけようとする。

「待てません」

口の中に深く咥《くわ》え込み、手も使って竿をしごいた。頭を押しのけようとしていた手が、今度は肩にかかった。

「いい子だから、待ってくれ……」

「なんですか？」

「話を聞こう」

「だから、体がどこか悪いんじゃないかって話です」

根元を握ったまま答える。

「………」

夏目の顔に、困惑の色が広がった。

「言いたくない……」

「それじゃ、どこか悪いって認めたも同然じゃないですか」

頭の回転が速い彼らしくない。また口での愛撫を続けながら、隆一も内心動揺していた。言いたくない病状とはどういったものなのか。単に弱みを見せたくないだけなのか、それとも言えないほど悪いのか。

胸には暗い不安が広がっていた。その不安を打ち消すように、隆一は今している作業に集中する。のどの奥と舌をめいっぱい使って、不誠実な恋人を追いつめる。

肩に置かれていた彼の手に、ふいに力がこもった。

「っ、もう……」

ハッとして、上目遣いに彼を見上げる。眉根を引き寄せ、耐えている表情にひどくそそられた。考え事のせいで忘れていた興奮が戻ってくる。

隆一は自らの血が、急激に沸き立ってくるのを感じた。と、前屈みになってきた夏目に尻の肉をつかまれた。その行動に驚いた瞬間、口の中で熱が弾ける。

苦いものを呑みほしながら、隆一は自分も下帯の中を汚してしまったことに気づいた。触られもしないのに、一人で昂《たか》ぶり、果ててしまった自分に呆然とする。

そしてげんなりした気分になりながら夏目に背を向け、畳の上に横になった。

少しして着物を直した夏目が、後ろから隆一の髪を撫でてきた。されるがままになっていると、頭を彼のひざに乗せられる。

「どうして君がそんな顔をしているんだ。無理強いされたのは、僕の方だと思うけど……」

夏目が呆《あき》れたように言った。

「聞かないでください……」

「今日の君は、普段にもまして不機嫌だね」

ひざ枕の状態で髪を梳《す》きながら、かすかに笑われた気がした。

「おれの機嫌が悪いとしたら、原因はほとんどあなたです……」

苦情を言うと、からかうように指で唇を撫でられる。

「何をするんですか」

ムッとしてひざの上から頭を上げたところで、接吻《キッス》に口をふさがれた。

「何す……んんっ」

「君がかわいいよ、怒った顔もかわいい」

「そんなことを言われて、おれが喜ぶとでも思っているんですか」

「むしろもっと、怒らせてみたい」

「本当にあなたは……」

ふたり畳の上に横になり、けだるい口づけを何度も交わした。

疲れた頭で、あまり難しいことは考えたくない。そんな消極的な理由で口づけに応《こた》えるうち、また体の奥にじわじわとした熱が戻ってくる。その機を察したかのように、夏目の唇がのど元へ滑り下りた。

「隆一君……」

愛しげに名前で呼ばれる。

「こういう時だけ名前で呼ぶの、やめてもらえませんか」

憎まれ口を叩きつつも、早く素肌に触れてほしいと思った。

首から胸元へと順に移動していく甘い唇を感じながら、窓の方へ目をやる。外から射《さ》し込んでいた日差しは影をひそめ、体の中にだけ太陽の熱が停滞していた。

第五章　軽井沢《かるいざわ》

――僕は君に選ばれることを、心から期待している。

夏目にそう言われた日から一週間、蒸し暑い日が続いていた。

東京に本格的な夏が到来したらしく、日陰の長屋もうだるように暑い。密集した建物の間は風通しが悪く、その上近くの水辺から藪蚊《やぶか》がやってきて隆一を苛立たせた。

こんな状況では仕事に集中できないし、考え事にも向かない。絵筆を握っても、手に掻く汗が不快だった。

握っていた絵筆を手放し、畳の上に仰向《あおむ》けに寝転がる。暦を見れば、明日は日曜だ。なんの結論も出ていないけれど、夏目のところへ行ってみようかという考えが頭に浮かんだ。由比ヶ浜はここより暑いかもしれないが、少なくともあそこには心地よい海風が吹いている。

そんな時隆一は、開け放った戸口の向こうに人の気配があることに気づいた。畳の上に仰向けになった状態から、反動をつけて体を起こす。

戸口からひょいと顔が覗《のぞ》いた。

「操《みさお》……！」

艶やかな瓜実《うりざね》型の顔を見て、隆一は思わず顔をしかめた。最近はそれどころではなくて操のことは忘れていたのに、天災は忘れた頃にやってくる。

「何しに来た！」

「ふふ、相変わらずの挨拶《あいさつ》だね」

気味が悪いほど形のいい唇が、妖艶《ようえん》な笑みを浮かべた。

「用がないと来ちゃいけないかい？」

「用があってもごめんだ。そうだ、金ならないからな！」

隆一が牽制《けんせい》して言う。

「カネ？」

「小遣いをせびりに来たんじゃないのかよ」

そんな隆一の言葉に、操は心外そうな顔をした。

「金には困ってないよ、こっちにもパトロンができたし」

言われてみると操はだいぶよさそうな着物を着ている。女物の華やかな柄《がら》を着こなす操は、以前よりさらに艶っぽく若返って見えた。考えてみると彼はもう不惑《ふわく》を過ぎているはずなのに、どうしてそう若いのか。いや、若返ったというより、妖怪の域に達したのだ。隆一は心の中でそう結論づけた。

「パトロンねえ……」

この妖怪に化《ば》かされているパトロンとやらに同情した。

「そういうわけだから、小遣いならこっちからくれてやるよ」

操が勝ち誇った顔で、懐《ふところ》から一円札の束を取り出した。

何をする気かと思えば、彼はそれを長屋の土間《どま》に投げ入れる。一円札がひらひらと宙に舞い散った。

「やめろ」

舞い上がった一円札をつかみ、床に落ちたものも乱暴に拾い集めて突き返す。

「こんなものは要らない。どうせ体を使って稼いだ金なんだろう」

「使えるものを使って何が悪い」

操の顔が不愉快そうな色に染まる。しかしそれもほんの数秒だった。

「まあいいよ、たまたま近くまで来ただけだから」

「えっ……」

あっさりと引き下がられ、隆一の方が戸惑った。と、きびすを返しかけた操が、長屋の木戸を見て足を止める。木戸の横木に、いつの間にか封書が差し込まれていた。

「これ、おまえの男からじゃないのかい？」

無造作に封書を取った操が、こちらにそれを寄越《よこ》してくる。慌てて受け取ってみると、それは本当に夏目からのものだった。

「やっぱりか」

反応を見て笑われる。

「この前おまえからしたのと、同じ匂いがする」

操は口の端で笑って、それ以上は何も言わずに去っていった。

「『男』って……」

操の背中を目で追いつつ封筒に鼻を当てると、確かに嗅ぎ慣れた、たばこの香りがした。

隆一は複雑な思いで息をつく。操にあんなふうに言われるのは癪に障《さわ》るが、夏目とは人からそう言われても否定しにくい関係であることは確かだった。

そして、そんな夏目との関係をどうするのか。それはまさに隆一が、この一週間悩み続けている問題だった。


四畳半に戻って手紙を開くと、それは『軽井沢《かるいざわ》へ避暑に行く』という趣旨の知らせだった。なんでも勤め先の学校が夏休みに入り、ちょうど思い立ったから出かけることにしたらしい。

先週会った時は何も言っていなかったのに、だいぶ急な話だ。人を悩ませておいて自分だけ遊びに行くとはどういう了見《りょうけん》なのか。手紙を書いて寄越すくらいなら、誘ってくれてもいいじゃないかと思った。

苛立ち紛れに手紙を机の上に投げ出そうとした時、ふいに不安が胸をよぎった。

「避暑っていうより、病気療養なんじゃ……」

手紙の文面を読み返し、裏を見て封筒も確かめる。そんなことをしてもやはり、文面以上のことは何もわからなかった。

ため息をつき、もう一度手紙の匂いを確かめる。そして手紙越しに土間を見ると、今時珍しい大黒天の一円札が一枚、そこに残されていることに気づいた。使えるものを使って何が悪い、不機嫌そうに言った操の顔を思い出す。

「誰も彼も、勝手にすればいい」

土間へ下り、一円札を乱暴に拾い上げた。そこでふと、札の絵柄が目に留まる。そこに印刷された大黒天は、大きな口を開けあっけらかんと笑っていた。札を振り撒《ま》き、得意そうに笑った操の顔が重なった。

別にわかりあえる必要なんかない、あいつはあいつ、おれはおれだ。ふいにそんな思いに至って、隆一は大黒天の一円札を財布にしまった。

それから三日後——。

「夏目が軽井沢に?」

瀧が手元の資料から顔を上げた。

「はい、よく行かれるんですか?」

挿絵《さしえ》の打ち合わせ中、隆一が瀧に探りを入れる。自分より夏目との付き合いが長い瀧なら、何か知っているかもしれないと思っていた。

「そういえば前にも行っていたみたいだな。向こうに知り合いがいるとかで」

「知り合い？」

「英国人の医師で、名前はなんといったかな……ちょっと思い出せないが」

「医師、お医者様ですか……」

「何か気になることでもあるのか？」

瀧のその問いに、隆一は思いきって打ち明けてみることにした。

「それが……この前会った時に夏目さん、どうも体調が悪いように見えたんです。おれの気のせいだったらいいんですが、あの人、何も言ってくれないから……」

瀧が腕組みして低く唸《うな》った。

「実は僕も、少し気になっていたんだよな。体調のせいかどうかわからないが、ここのところ原稿の上がりが遅れがちだ。以前のあいつなら、そんなことはなかったのに……」

「それ、本当ですか？」

テーブル越しに、しかめ面の瀧と目が合う。その瀧が何か思いついたような顔をした。

「なあ小栗君、あんたの今月分の仕事はこれでお終《しま》いだ。それでもし他社の仕事が忙しくなければ、ちょっくら軽井沢へ行って夏目の様子を見てきてくれないか」

「えっ、おれが軽井沢にですか？」

瀧にそんなことを言われるとは思っていなくて、隆一は腰を浮かす。

「うん。夏目が軽井沢にいるなら、僕もどうせ向こうに原稿を取りに行くことになる。けど他にもやることがあってすぐには行けないからさ。あんたが行ってあいつの様子を見てきてくれれば助かるよ。取材費って名目で、かかる費用はうちで持つから」

「瀧さんがそう言うなら」

呼ばれもしないのに旅先にまで押しかけるのは抵抗があったけれど、瀧に頼まれたなら言い訳も立つ。隆一はそう考えて、その場で彼の提案を受け入れた。

「そうこなくっちゃな」

瀧が嬉しそうな顔をする。

「うちの原稿が遅れないよう、あいつをせっついておいてくれ。原稿さえ無事に上がるようなら他はあんたの好きにしていい。経費で何か旨《うま》いものを食ってもいいし、なんなら庭球《テニス》をして遊んでいてもいいぞ」

「庭球《テニス》なんてやったこともありませんよ……。それにあれは、一人でできるものじゃないでしょう」

隆一がそう返すと、瀧は可笑《おか》しげに笑った。

ともかく軽井沢に行って、宿を訪ね歩けば夏目は見つかるだろう。瀧にそう教えられ、隆一は翌朝早くに東京を離れた。

それから――。

碓氷線《うすいせん》の電気機関車で峠の急勾配《きゅうこうばい》を登り、標高約千メートルの軽井沢駅にたどり着く。

軽井沢は明治期より、避暑地として栄えてきた町だ。外国人宣教師たちにも愛されるこの町には教会をはじめとしたモダンな洋風建築が立ち並び、山際には風流人たちの別荘も多く見られる。豊かな水と自然、山から下りてくるひんやりした空気は隆一の育った村とよく似ていた。だが洗練された街並みと文化は地方にあってもやはり都会的で、隆一が知っている山村の風土とはまるで違っていた。

軽井沢の街に降り立った隆一はその景色を観察し、そんな印象を胸に抱く。

それからラケットを手に連れだって歩く人々を見て、昨日瀧に庭球《テニス》を勧められたことを思い出した。やはりその優雅な遊びが、自分に似つかわしいとは思えない。そう思いながら眺めていると、半袖の女たちが振り返って隆一を見た。目が合って彼女たちは微笑んだが、隆一にはそれが愛想笑いなのか、それとも自分が笑われているのかわからなかった。

裏長屋の湿気をそのままとって来てしまった自分を、とても場違いに感じる。けれど隆一もここへ遊びに来たわけではない。夏目を探すという目的がある。

駅前の交番で地図を書き写させてもらい、駅に近い宿から当たってみることにした。

信州《しんしゅう》なまりの警官に見送られ、すぐ近くの宿の敷居をまたぐ。宿泊客にこういう人はいないかと聞くと、旅館の女中たちは親切に対応してくれた。だが宿を何軒回っても、隆一の求める返事は聞くことができず。ついに日暮れを迎えることになってしまった。

この分だと夏目を見つけられないまま、今夜の宿を探さなければならない。宿を訪ね歩けばすぐ見つかるだろう、そんな瀧の言葉を信じた自分を悔《く》やみながら、隆一はまた駅に向かって歩き出した。

そういえば瀧は、初めて行った鎌倉《かまくら》でも隆一を置き去りにしていってしまった。彼は親切ではあるが、ひどく大ざっぱな人間なのだ。普段の仕事では特にその被害をこうむることもなかったが、今回はすっかりやられたと思う。

知らない街で頼れる相手もいない隆一は、心細さを覚えながら一人夕暮れの通りを歩いた。もし今夜の宿が見つからなければ野宿になるのでは、そう不安になっていた時――。

駅前にたたずむ、すらりとした影を見つける。

「……夏目さん……」

そのシルエットを見ただけで、胸がきゅっと締めつけられた。

「小栗君、探したよ」

「それは、おれの言うべき台詞《せりふ》です」

お互いに歩み寄っていき、通りの真ん中で見つめあう。

「君がこっちに来るはずだと、瀧君から宿に電話があってね」

夏目からそう言われ、隆一はどういうことかと眉をひそめる。

「瀧さんは、夏目さんのいる宿を知っていたんですか？」

「いや、当てずっぽうに電話したら一軒目で当たったと言っていたよ」

思わずため息が出てしまった。

「なんなんですかね、あの人は。超能力者か何かですか。それで他人にも同じ能力があると思っている」

ふて腐れる隆一を見て、夏目がくすくすと笑った。

「いいじゃないか、僕らは会えたんだ。この町に君がいる、君を探しながら僕はそれだけで嬉しかった」

夕焼けの最後のひと筋が、弱々しく通りを照らしている。そんな中で夏目の微笑みがまぶしかった。


「実は、君が来てくれることを少し期待していたんだ」

二名分の夕食の膳が並ぶ座敷で、夏目が箸《はし》を動かしながら打ち明けた。

彼が泊まっていたのは銀座通《ぎんざどお》りの端にある、たつやという旅館だった。江戸時代の茶屋にルーツを持つという老舗《しにせ》旅館だが、建物は古くからの様式の中に西洋の香りを取り入れた、モダンなものになっている。

そして夏目の逗留《とうりゅう》している部屋は六畳二間続きで、一人で滞在するには贅沢《ぜいたく》なものだった。

その部屋を見回し、隆一はぼやく。

「ならはじめから、そう言ってくれたらよかったじゃないですか。手紙にだって、来てほしいようなことは書いていなかったし」

「誘ったら逆に、君は来ないと言っただろう」

蕎麦《そば》つゆに浸した山菜の天ぷらをつつきながら、夏目が言い返した。

「それは……」

確かにそうかもしれない。ただの避暑になら、こんな贅沢な場所に来るつもりはなかった。まだ東京での生活の基盤もできあがっていない隆一は、本来ならこんな場所に遊びに来られる身分ではない。

しかしあの手紙一枚で、夏目は隆一が心配して追いかけてくると思ったのだろうか。結果的にそうなったわけだが、それを予想してあの手紙を書いたのだとしたら恐れ入る。

座卓越しに表情を窺うが、策士はただ澄ました顔で蕎麦をすすっていた。

「あなたが急に避暑になんて行くから、おれはてっきり体の調子でも悪いんじゃないかと心配しました」

ため息交じりに言うと、夏目がちらりと目を上げた。

「どうして?」

「だって、この前会った時も顔色が悪かったですし」

「君が心配するようなことは何もないよ。手紙に書いた通り、鎌倉は暑いからこっちで原稿を片付けたいだけだ」

確かに座敷の隅に置かれた机には、書きかけの原稿用紙が無造作に置かれている。

「それならいいんですが……。そうそう、瀧さんが原稿の進み具合を気にしていました」

そんな時、丸顔の仲居《なかい》が水差しを乗せた盆を持ってやってくる。

「失礼します。先生、お水こちらに置いておきますよ。食後のお薬を飲む時にお使いになりますよね」

隆一はハッとして、夏目の顔を見る。すると彼は気まずそうに髪を掻き上げた。

「君……、間が悪いとはこのことだね」

丸顔の仲居は、なんのことかわからないといった顔をしている。

「いや、いいよ……ありがとう」

障子が外側から完全に閉められてから、隆一は我慢していた口を開いた。

「先生……お薬ってなんですか?」

「単なる漢方薬だよ、滋養強壮に効く」

「それ、見せてください」

「さて、どこかにやってしまったかもしれないな」

「ちょっと、とぼけないでください！」

隆一は思わず、食卓に身を乗り出す。しかしのらりくらりとかわされて、結局、薬のことは教えてもらえなかった。


そして夜――。

続きの間に敷かれた布団のひとつに、隆一は横になっていた。一方の夏目はここからが本番とばかりに原稿に向かい、いっこうに寝る気配を見せなかった。

隆一は列車に揺られ、その上、夏目を探すために軽井沢の街を歩き回って疲れきっている。けれどもなんとか意識の縁《ふち》にしがみつき、眠くなるのをこらえていた。

あの人が寝てしまったら、荷物の中からくだんの薬を探そう……そんなたくらみのために、今は寝るのを我慢している。ここへは旨いものを食い、のんびり寝に来たわけではないのだ。

そうして原稿に向かう夏目を布団の中から見ていると、その背中が振り向かずに言う。

「寝ないのかい？」

狸寝入《たぬきねい》りがばれていたらしい。

「もう寝ています」

布団の中からそう答えた。

「だったらその返事は寝言かな?」

夏目が机を離れ、続きの間に敷かれた布団のそばまでやってくる。枕の横に長い腕が伸びてきて、厚みのある旅館の布団がわずかに沈んだ。

明かりがあるのは夏目のいた文机のところだけで、こちらに来られると顔もよく見えない。それでもそばに彼の気配を感じると、胸の鼓動が速い律動《リズム》を刻んだ。

真上から顔が近づいてきて、やわらかな唇がまぶたに触れる。

「眠れないなら、添い寝でもしようか?」

「夏目さん……」

「目と口、閉じていて」

隆一のまぶたに唇を押し当てながら、夏目は枕元にひじを突いた。耳元で響く衣擦《きぬず》れの音が、隆一の鼓膜を刺激する。

夏目はじっとそこから動こうとしない。心臓はせわしなく動くけれど、まぶたに感じる心地よい熱に、意識が遠のいてしまいそうになった。このまま流されてはいけないと、隆一は抵抗を試みる。

「原稿……進めてください、こんなことをしている時間が無駄です」

「君のことが気になって、原稿どころじゃないよ」

小さな笑い声とともに、まぶたの上の唇が頬のラインまで滑ってきた。

「お邪魔なら、そこの障子を閉めましょう」

「障子たった一枚で、どうにかなると思うかい？　君の気配は背中でもわかる」

首をすくめて口づけをよけると、顔を離した夏目が口元を拭《ぬぐ》いながら笑う。

「本当に君は悪魔だね、悪魔の誘惑ほど魅力的なものはない」

「誘惑するつもりなんて……あなたの原稿を邪魔したら、ここへおれを寄越した瀧さんに悪いですから」

「ふうん。せっかく軽井沢で二人きりになれたのに、瀧君の話をするんだ」

夏目の声が、少し不機嫌になった気がした。

「いや、そういうつもりは……。でも原稿は書かないわけにはいかないでしょう？　だったら」

「だったら君、抵抗せず大人しくしていてくれたまえ。その方が事が早く済む」

胸の上に掛かっていた夏布団をめくり、夏目が同じ布団に入ってくる。首元に腕が回ってきたかと思えば、次の瞬間には腰を彼の足の間に挟み込まれてしまった。ぴったりと体が触れあい、少し汗ばんだ体から熱が伝わってくる。

「夏目さ……」

戸惑いの声は、熱っぽい口づけに阻《はば》まれた。

「んんっ」

強引な唇に支配され身動きが取れないでいるうちに、両腕を浴衣《ゆかた》の中から引き抜かれた。浴衣の束縛を逃れた腕は、そのまま上に持ち上げられ枕元に固定される。

闇の中へさらけ出された胸元に、熱っぽい吐息がかかった。

「待ってください、あなたはおれを眠らせたいんじゃないんですか？　言っていることとやっていることが違います」

そんな抗議も、夏目には効かなかった。

「方針を変えたんだ、君には力尽きて眠ってもらうことにする」

「それはつまり……ぁあっ！」

無防備に晒《さら》された脇《わき》の下を、舌がくすぐるように這っていく。ぞわぞわとした震えが全身に広がった。

「今、おれが話を――……」

「目と口は閉じていて。そうしないと眠れない」

からかうようにささやいて、胸の頂《いただき》を指先でつままれた。

「やっ、駄目っ！」

強い刺激に声が出る。

「口は閉じていて」

つまみ上げられた胸の先に、今度は舌先が絡みついた。そこを吸ったり甘噛みされたりすると、口を閉じてなんかいられなくなる。

「あ！　やだ……も……」

刺激を与えられるたび声が出て、体の奥に甘い疼《うず》きが積み重なっていった。

そうして体が熱くなってくると、はじめは強すぎると感じていた刺激が次第に快感になってくる。夏目が胸元に鼻をすりつけた。

「君は、ここをいじられるとフェロモンが出るようだね」

「えっ……？」

「知らなかった？」

隆一は信じられない思いで息を呑《の》む。

「……そう。こんなに甘く香るのに、自分ではわからないのか……」

夏目の吐息が、敏感になった肌をくすぐった。

けれど隆一も、自分の状態がわからないでもない。発情期を迎える時はいつも内側から噴き出してくるけだるい熱と疼きがあって。匂いはわからなくても、今も同じような反応が起こっていることはわかっていた。

これが一時的なものならいいが、場合によっては本格的な発情期が来てしまうかもしれない。そんな不安が押し寄せる。発情期が来てしまえば、隆一自身にそれを抑えるすべはない。一度噴き出した炎は、自らを燃料にして燃え尽きるまで収まらないのだ。

「や……困ります、旅先でこうなるのは」

「慰めてほしい？」

夏目の声に笑みが含まれていて、隆一はその不適切な笑いにムッとする。

「笑いごとじゃないんです、責任取ってください」

苛立ちを示しながら、夏目の首に腕を回した。夏目が布団の中で、ぎゅっと隆一の体を抱き直す。

「そういう責任なら、喜んで果たさせてもらうよ」

夏目の甘い声を聞きながら、汗ばんだ首筋に顔をうずめる。全身で触れあう心地よさを感じ、とくとくと速い心臓の鼓動を聞いた。

「小栗君……」

夏目の手のひらが背中をたどり、腰に向かって下りていく。尻まで到達したふたつの手のひらが、内腿の方へ回って隆一の両足を持ち上げた。

広げられた内腿に、彼の硬くたぎったものが押しつけられる。

「あ……」

隆一はその熱に欲情する。触発されたように、自分のそれにも熱が満ちていくのがわかった。

下半身が疼いてもどかしい。

もう、早くめちゃくちゃにされたい。理性の抵抗も長くは続かなかった。

「あなたが欲しいです……」

首にしがみついていた腕を緩め、暗闇の中で愛しい人の顔を見つめる。

荒い吐息が絡まって、隆一は自ら彼の唇を求めた。濡れた唇がこすれあう。

「……はあっ」

角度を変えて口づけを深く求めると、狙いが定まらずに唾液がこぼれ落ちた。唾液で濡れた頬を、夏目の手のひらが包み込む。

「こんなに君がかわいいと、執筆に戻れる気がしない」

「もともと、あなたが仕掛けてきたんですよ……」

「そうだったね、たくさん満《か》たしてあげないと」

夏目は隆一の両膝を肩に担ぎ上げ、足の間に自らの昂ぶりを押しつける。

彼の先端が、下帯を押し上げるようにしてぐいぐいと進入してきた。

「ああっ、それは駄目！」

隆一はにわかに慌て出す。

「でも、中も欲しいんじゃないかい？」

「けど、おれの体は……！」

アンドロギュノスの、極《オメガ》。外側は男の体だが、操が隆一を産んだ時のように男の精で孕《はら》んでしまう可能性がある。

「……怖いのかい？」

「怖いです」

「大丈夫だよ、直接は入れないから」

布を隔て、夏目がゆるゆると入り口を押し上げる。

「本当は、もっと許してほしいけどね……君を僕で満たしてみたい」

夏目が誘うように腰を振り、布越しに中を何度も穿《うが》たれた。

「ふ、ああっ！」

たぶん本当に、今は性交の真似事をしているだけだ。でもそこに彼の生々しい欲望を感じ、震えるような喜びが全身を駆け巡った。

どうしよう、こんな……。もっとしてほしい。

与えられる刺激に喘いでいると、彼も耳元で甘いため息をつく。そのため息ひとつにも、隆一の体は痺れるような快感を得ていた。

「夏目さん……おれ……」

「……気持ちいい？」

「……っ……」

「僕もだよ……」

幸福感が胸に満ち、涙がこぼれそうになる。

「でも、君はわがままだね……。早く全部、僕のものになってしまえばいいのに」

ぐちゃぐちゃに濡れた布越しに、彼が強く中を穿った。

「は――……」

息が止まりかけて、頭の中が真っ白になる。

いつの間にか彼の手のひらが、腹の前で張りつめていたものをとらえていた。大きな手できゅっとつかまれ、それだけで新たな快感が突き抜ける。

「はあんっ、んん、なつめ、さ……」

地球の自転から投げ出されるような強い浮遊感に宙を掻くと、その手を彼がつかまえた。

「もっと、おいで、もっと……」

力いっぱい、体の全部を使って愛しい人と絡みあう。

後ろも前も気持ちよくて、最後は、どうやって果てたのか自分でもよくわからなかった。


翌朝――。

まぶたの裏にやわらかな日差しを感じ、隆一は目を覚ました。障子を挟んだ広縁《ひろえん》から、旅館の客室に朝日が射し込んでいる。

上半身を起こし隣を見ると、夏目は寝乱れた浴衣姿でまだ布団に横になっていた。朝日に照らされた彼のふくらはぎに、なぜかドキッとさせられる。

なんだか目のやり場に困る……。

ひるがえって自分自身はというと、明るい朝日の中、ほとんど生まれたままの姿だった。昨日の情事を思い出しながら、布団のそばに落ちていた浴衣に身を包んだ。

それにしても、先に寝るつもりなんてなかったのに……。

障子が開いたままになっている、向こうの部屋に目をやる。

そっとそちらへ行って机の上を見ると、吸い殻《がら》でいっぱいになった灰皿と、エンドマークをつけられた原稿が置かれていた。夏目はあのあと、原稿の続きを書きに机へ戻ったらしい。

原稿が進んだならよかったと思う反面、昨晩は本当に自分を力尽きさせるために寝床へ来たのかと思うと、隆一は少し彼のことが憎らしかった。

続きの間で寝ている夏目を振り返る。と、その背中が軽く咳き込んで揺れた。

「そういえば、薬……！」

そのことを探りたくて、昨夜は眠いのをこらえていたんだった。彼の眠っている今が絶好の機会に違いない。

隆一は息をひそめ、部屋の中を見て回る。そして床《とこ》の間《ま》の脇の物入れに、白い紙袋を見つけた。見たところそれは病院で処方される薬の袋だ。夏目が言っていたような滋養強壮の薬ではないらしいことがわかり、隆一は改めて目の前が暗くなるのを感じた。大病でないことを祈りつつ、そっと薬袋に手を入れる。処方された薬の中身がわかれば、ある程度病名の推測が立つと思った。

ところがその瞬間――。

「小栗君……」

息を呑み振り返ると、寝ていたはずの夏目が真後ろに立っていた。

隆一の指先が袋の中身に触れるより前に、夏目が上から薬袋ごと取り上げてしまう。

「夏目さん……」

「悪いけど、人には知られたくないこともある」

その声はとても冷ややかだった。つい数時間前に耳元でささやかれていた、甘い声との落差に困惑する。

「立ち入ってほしくないってことですか?」

ひるみそうになる心を励まして聞き返すと、彼は目を逸《そ》らし、小さくため息をついた。

「病気じゃないんだ、ただ薬がいる。何も心配することはない」

「そんな説明で納得できるはず――……」

言葉の続きを、やんわりと遮《さえぎ》られる。

「朝方まで書いていたんだ、もう一度寝かせてもらうよ」

夏目は隆一に背中を向け、薬袋を持ったまま布団に戻っていってしまった。

「人のことは散々引っかき回しておいて、自分だけ秘密主義なんて……」

そう言って咎《とが》めても、布団に横になった彼はなんの反応も返してくれない。譲歩《じょうほ》する気はないようだ。隆一は落胆し、一人、部屋を出る。

それから湯殿《ゆどの》に行って情事の残り香を洗い流すと、そのままふらりと夏目のいる旅館をあとにした。

表へ出ると、真上からの太陽が辺りを照らしていた。気づけばもう昼近い時刻らしい。

建物の前では送迎用の輪入車が、旅館を発つ人々を乗せている。隆一はその横を素通りし、軽井沢の街中へと進んだ。賑わう銀座通りを歩きながら、昨日交番で書き写した地図を開く。目的の場所まではそれなりに距離がありそうだ。

通りで客待ちをする人力車を見かけたが、やはり歩いていくことにする。夏目のところは飛び出してきてしまったし、他に行くべき場所もない。時間を節約する理由は何もなかった。

足はまっすぐ繁華街の外へと向かっていく。

道の脇に並ぶ建物がだんだんと途切《とぎ》れがちになり、いつしか別荘地に差しかかっていた。まぶしい木漏《こも》れ日を浴び、林の中の道を行く。

そこからぽつぽつと見える建物の中で、白い木造の平屋建てが目に留まった。一般の家屋とは違う建物の雰囲気からして、目的の場所はきっとそこに違いない。いくつかの庭と畑を迂回《うかい》して白い建物に近づいていくと、思った通りそこには診療所の看板が掲げられていた。

ここだ。簡素な造りの建物を見上げ、遠慮がちに周囲の様子を窺う。周囲には誰もおらず、中からも人の話し声などは聞こえなかった。だが入り口の戸はわずかに開いている。

隆一は意を決し、診療所の扉に手をかけた。

「こんにちは」

玄関に足を踏み入れ、すぐそこにある待合室を見回す。待合室の中にも、受付らしき小窓の向こうにも、人の気配はなかった。その代わりにきつい消毒液の匂いが、その空間を満たしている。人がいないならしようがない。諦めて引き返そうとしたところで、奥からガタリという物音が聞こえた。

ハッとして音のした方を振り向くと、背の高い男が暗い廊下の向こうからやってくる。その足取りはひどく緩慢《かんまん》だ。まるで落ち武者《むしゃ》の霊か何かが、重い鎧《よろい》を引きずって歩くかのように。

だが当然、彼は落ち武者ではない。着ているものは鎧ではなく、くたびれた白衣だった。肩に落ちるざんばら髪と、背中を丸めうつむき加減に歩いてくる様子が、いかにも落ち武者の霊のようなのだが、よく見ると顔立ちは西洋人のものだった。

彫りの深い顔立ちのせいで、暗い中では目元の表情がわからない。年の頃は隆一より、一回りか二回りも上だろうか。この国の人間では見られないような体の大きさが、近づくにつれ隆一を圧倒した。

男は待合室の前まで来て足を止める。

「診察は午後からだ。それにうちは、紹介状がない人間は診《み》ていない」

「えっ……」

「そういうわけだから」

男はそれだけ言って、きびすを返そうとする。

「あっ、待ってください！　夏目龍之介がここへ来たと思うんですが」

男が片目をすがめ、隆一の顔をじっと見た。話の続きを促《うなが》すような視線だ。隆一は、ひるみそうになる自分を励まして続ける。

「夏目さんが、ここの診療所の住所が書かれた薬袋を持っていて、それで……」

あの時、薬袋はすぐに取り上げられてしまったが、隆一はそこに印刷された文字を目に焼きつけていた。書かれた内容より先に全体を一枚の絵としてとらえ、記憶に留めるのは得意だ。それは素描《そびょう》をしているうちに自然と身につけた技術だった。

「そうか、龍之介の知り合いか」

男がそばまで来て、こちらに顔を近づける。鼻と鼻がぶつかりそうになって、隆一は半歩後ろへ身を引いた。

男の口元が軽くゆがむ。

「なるほど、君が……」

「おれが、なんですか……？」

「アンドロギュノスだな、極型《オメガ》の」

「……！」

「……こちらへ。話を聞こう」

男はくるりと背中を向け、診療所の奥へ戻っていってしまった。

「え……？」

男が消えていった暗い廊下の先を見る。気味が悪いが、このまま帰るわけにはいかない。

隆一はぎゅっと拳を握り、男の背中を追いかけた。


奥の部屋は異様な空気に満たされていた。

いくつもの人体模型に、なんだかわからない生き物や臓器のホルマリン漬け。診察室かと思ったが、そうではなく実験室か何からしい。

窓には真っ黒なカーテンが引かれ、明かりはそのカーテンの隙間から射し込むひと筋の陽光のみだ。

「あの、どうしておれのことを？」

隆一は言い当てられたことに脅威を感じていた。今まで隆一の正体を見破ったのは夏目ただ一人で。彼には匂いでわかると言われたが、発情期でもないのに匂いを嗅ぎ当てられるなんて普通なら考えられない。

男が肩をすくめて答える。

「君のことは龍之介から聞いていた」

一応それなら納得はいく。

「でもどうして夏目さんがあなたにおれの話を……」

「君の名前が具体的に出てきたわけじゃない。だが龍之介の知り合いならそうなんだろう。君は極《オメガ》特有の整った顔立ちをしている」

男は白衣のポケットに入れていた手を出して、隆一の頬を指の背で撫でてきた。ぞくりと背筋が震え、隆一はその手から距離を取る。

「怖がることはない、何も取って食べたりはしない」

男は口の端だけで微笑みらしき表情を作った。

「ともかく君のことは、彼の病状に関わることだから私から詳しく聞いた」

「病状って？」

隆一は思わず食いつく。

「それがおれと、どう関係しているんです」

男が眉をひそめた。

「どこから説明すればいい？　君は何を知っている？　この国ではアンドロギュノスのことは、本人たちにすらほとんど理解されていない」

その口ぶりに、隆一はあることを思い出した。

「そういえば夏目さんの知り合いで、アンドロギュノスの研究をしている英国人医師がいると聞きました」

「私のことだろうな。この分野の研究者はこの国にはほとんどいない」

「やっぱり……」

隆一は改めて男——いや、夏目の知人である英国人医師の顔を見た。医師だと言われてしっくりくるような知的な雰囲気は伝わってきたが、見慣れない顔立ちのせいもあり表情がうまく読み取れない。なんとかそれを読み取ろうとするうちに、医師は窓際へと移動していった。

内臓むき出しの人体模型が、薄暗い部屋の窓際にぼんやりと浮かび上がって見える。

隆一はそれを見て、ある違和感を覚えた。自分が見たことのあるものと下腹部の形状が違う。断面化された直腸の奥が枝分かれし、その先にぽっかりと膨《ふく》らんだ臓器があった。男の体のようだが男ではない。そこで隆一はハッとする。この禍々《まがまが》しい生き物は自分と同じ半陰陽《はんいんよう》——アンドロギュノス・極《オメガ》なのだ。

「ギリシア神話に登場する、アンドロギュノスのことは知っているか？」

医師が話し始めた。

「え……いえ……」

「ギリシア神話のアンドロギュノスは、頭がふたつに手足が四本ずつ、人を背中合わせに二人くっつけたような怪物だ。手足が多いのはいいが、頭がふたつもあると歩くにもどちらへ行こうか意思統一が必要なのがやっかいだ。そこで神がこの怪物を引き裂《さ》き、二体の人間に分けたそうだ。それで怪物は自由を得たわけだが、自由になってみると途端に自分の半分だった相手が恋しくなった。こうしてアンドロギュノスは失った半身を求め、半狂乱になって世界をさまよい歩くことになった。……これがアンドロギュノスの物語だ」

流暢《りゅうちょう》に語る医師に、隆一は戸惑いながら問いかける。

「初めて聞いた話ですが……それは単なる物語ですよね？」

「その通りだ。だがこの物語はこちらで言われている半陰陽、学名・アンドロギュノスの性質をよく表している。アンドロギュノスは人とは違う、片割れを求めあう怪物だ」

「怪物……」

重々しいその言葉を口にし、隆一はひどいのどの渇きを覚えた。

「それが……おれだっていうんですか？」

「そうだ。君であり、君たちだ」

君たち——その言い方に、隆一は違和感を覚える。

医師が続けた。

「君も知っての通り、極型《オメガ》のアンドロギュノスは狂おしいほどの性フェロモンを出す。これはそうでないただの人間にも作用してしまうが、本来の目的はつがいとなるべき鋭《アルファ》を探すためだ。

そして一方の鋭《アルファ》は極《オメガ》の匂いに敏感にできている。この鋭《アルファ》型は生来《せいらい》、人間離れした能力を持つものの、つがいとなるべき極《オメガ》なしには精神を病みがちだ。これはその能力の高さからくるものと考えられている。天才は常に孤独ということだ」

「その話……」

医師の淡々と話す声を聞きながら、のどの渇きがますますひどくなる。いくつも思い当たることがあって、目の前に迫る真実の影に、隆一は怖《お》じ気づいた。

あの人が、でも、そうしたら――。

「精神を病むというのは……どういうことなんですか？」

「つがいに出会えない単独の鋭《アルファ》は成人してしばらく経《た》つと発狂するか、自ら命を絶《た》つことが多い。特にこの国ではアンドロギュノスへの認知と理解が遅れていて、不幸な結果に終わりがちだ。まず鋭《アルファ》型は本人自身がそうだと気づきにくい。血液検査をすれば、簡単にわかることなんだが……」

隆一は愕然《がくぜん》と、暗い部屋の中を見渡した。

極《オメガ》と呼ばれる自分たちの不幸な運命は理解している。人とは違う怪物と言われようと、それは今までの認識とそれほど大きくは変わらなかった。

だが鋭《アルファ》型の話は本当に初耳で――いや、鋭《アルファ》型という名前だけは夏目の口から聞いて知っていたが――そんな恐ろしい運命を背負っているとは思いもよらなかった。

そして彼の退廃的な魅力の正体を、今頃になって理解する。

「もしかして、夏目さんは……」

声が震える。

「君は……彼から何も聞かされていないのか」

「……」

「彼は鋭《アルファ》型の血を、母親から受け継いでいる。以前から安定剤を服用し続けていたが、先日、副作用の発作を抑えるために薬を変えたいと言ってきた」

それが今朝見た薬袋の中身だろう。隆一は突きつけられた現実に、気の遠くなるような目眩《めまい》を覚えていた。

「なんで、そのこと……あの人は……」

「君に何も話さなかったのか」

「……はい」

「話さないのか、それとも話せないのか」

医師の目が、初めてなんらかの感情を見せる。

「彼自身を守るためかもしれないし、君を思えばこそかもしれない」

その目に宿るのは同情か、哀《あわ》れみのたぐいのように見えた。

「思えばこそ？　……どういう意味です？」

夏目がプライドゆえ彼自身を守ろうとしているというなら、それは隆一にも理解できる。けれど隆一のために打ち明けないとしたら、それはどういうことなのか。

「君自身、極《オメガ》であることを受け入れがたく思っているんじゃないか？　そんな君に、彼の運命まで背負えるのかということだ」

渇いたのどが引きつり、息が苦しくなる。

医師の指摘する通り、自分の性を受け入れずに相手を受け入れることは難しいだろう。鋭《アルファ》である彼を受け入れる者は、必ず極《オメガ》でなければならないのだから。

夏目は隆一を求めながらも、その器《うつわ》の小ささを見抜いているのだ。きっと今まで隆一に期待し、その煮えきらない態度に失望し続けてきた。それでも諦めきれずに、胸を掻きむしるような思いをして。そんな状況でも彼は君子の仮面を手放さずに、辛抱強く隆一に接している。

「……あの人は馬鹿だ」

「それでも君しかいない」

「えっ……」

「龍之介は難しい男だ。彼の心の琴線に触れる相手はそうそういない」

だとしたら、本当に絶望的だ。

「すみません……」

部屋から立ち去ろうとして、足がもつれた。

「――あっ」

体の大きな医師に抱き留められる。

「君、熱があるんじゃないか？　もし発情期が近いなら、その影響かもしれない」

医師は隆一をイスに座らせ、背中を強めにさすった。発情期はまだ少し先のはずだが、感情の乱れで早く来てしまうこともある。昨夜の床《とこ》でもその予兆を感じたばかりだった。

それから医師はふらりとした足取りで隆一のそばを離れると、隣の小部屋から何かを持ってくる。

「極《オメガ》の発情も、薬である程度抑えることができる。よければこの抑制剤を持っていきなさい」

錠剤の束を詰め込んだ、見覚えのある薬袋を渡された。

「でもこれ、いくらですか？　おれに払える金額かどうか……」

薬袋を手に戸惑っていると、医師が背中に手を触れてくる。

「お代は要らない。気分がいい時にでも、君の体を見せてくれれば」

「体……？」

「誤解しないでくれ、学術的な興味だ」

彼は今ひとつ、感情の読み取れない笑みを浮かべた。

――――。


初めて会った日から、それは明らかだった。

ひと目見た瞬間から強く惹かれあった。心と体が強く反応した。

お互いがお互いにとって特別な存在、神に引き裂かれた半身。

もしあの頃の隆一にいま聞いたような知識があれば、きっとそのことがわかっただろう。

そして一方の夏目は、あの時すでに気づいていた。

初めて思いを通わせた日。

――出会えるなんて思わなかった。

そう彼はつぶやいた。

あの言葉の意味を、隆一は今になって理解する。

千人に一人、一万人に一人というアンドロギュノスが、それも鋭《アルファ》と極《オメガ》の対《つい》として出会える確率は限りなくゼロに近い。

出会ってしまえば、それはもう運命なのだ。

その意味の大きさに気づき、隆一はたじろいだ。

このまま進めは、もうおれは、そうなることを望んでいた『普通の人間』にはなれない。

一度あの人を受け入れれば、もう後戻りはできないんだ――。

「小栗君、おかえり」

客室に入ると、夏目が書きかけの原稿から目を上げる。

どこをどう歩いてきたのか、考えあぐねるうちに隆一は旅館の客室に戻ってきてしまっていた。

おかえり、の言葉になんと返していいのかわからず、黙ったまま座布団の上に座り込む。ただいまのひと言さえ、口にするにはある種の決意が必要な気がして……。

「散歩にでも行ってきたのかい？」

夏目はたばこの火をもみ消しながら、こちらを見ずに言う。

「まあ、そんなところです」

彼の横顔を見ながら、隆一は曖昧《あいまい》に返事をした。

「昼は食べた？」

「昼？　いや……」

考えてみると、昼飯どころか朝から何も食べていない。

「顔色が悪いんじゃないか？」

夏目がこちらを見て、眉をひそめた。

それはあなたの方でしょう、そう言い返そうとして隆一は口をつぐむ。夏目は射貫《いぬ》くような瞳でこちらを見つめていた。その瞳を前に、心の中をすべて見抜かれているのではないかという恐れを抱く。いや、さすがの彼も人の心までは見透かせまい。動揺していることは気づかれているだろうが、心の中までは……。

隆一はのどが渇いていたことを思い出し、座卓の上の水差しに手を伸ばした。

「腹は減っていないです、それより絵が描きたい」

東京の自宅から持ってきていた絵の具箱を取り出し、スケッチブックを広げる。水差しから湯飲みに移して水を飲み、残りの水に絵筆の先を突っ込んだ。それから床の間に飾られていたトルコキキョウを、下書きもせずぐいぐいと描いていく。雌《め》しべ、雄《お》しべ、伸びやかな花弁。その上に乱れ散った花粉。大きく開く花、膨らんだつぼみ、その外側に腕を伸ばす茎と葉。

描くものはなんでもよかった。ただ無心に筆を動かし、心を落ち着かせたかった。

夏目が机の前を離れ、そばへ来る。後ろからじっと覗き込まれたが、隆一は気にならなかった。お互いに声を発することもなく、水彩画は二枚目に差しかかった。

どうして体のことを何も言ってくれなかったのか――二枚目のトルコキキョウを描きながら、隆一はそれを聞きたいと思った。それから知りたかった、この先どうなるのか。

夏目は言っていた。隆一に、自分を選んでほしいと。彼の体のことを知ってしまった今、その意味は重い。重すぎる。一度首を縦に振れば、もう逃げ出すことは許されない。

そして別の疑念が湧く。もし自分が彼を受け入れたとして、夏目は鋭《アルファ》であることをその先も打ち明けないつもりだったのか。凜《りん》と咲くトルコキキョウを見ながら、それもあり得ると思った。彼はけして孤独を打ち明けたりしない。ひとり胸の中に抱え込み、平静を装い続ける。それは鋭《アルファ》としての性質なのかもしれない。彼らは圧倒的な孤独を抱え、精神の崩壊に向かう運命だ。もし彼を受け入れたとして、自分はそれほどの孤独を受けとめきれるのか。そんな覚悟が、今の自分にできるのだろうか……。

ふうっと息を吐き、隆一は絵筆を置く。

「おれは帰ります」

「……帰る？」

「ええ。帰って瀧さんに伝えます、夏目先生は順調に書いていらっしゃると」

夏目が座卓の向こうへ回り込み、床の間を見る隆一の正面に来た。

「行かせたくないな、寂しいじゃないか」

彼はそこへ片ひざを突き、座卓越しに隆一の頬へ右手を伸ばす。

ハッとするような温度で、手のひらが頬に触れた。それから硬い指先を感じ、胸が苦しくなる。

「寂しいなんて、今さら言うのはずるいです……」

「どうして」

「寂しいなんて言うなら……おれに言うべきことが、もっと他にあるんじゃないですか？」

「……言うべきこと?」

夏目の瞳が、戸惑いの色に染まった。

「それは……」

隆一もその先を口にすることができない。開け放たれた広縁の窓から、ふいに強い風が吹き込んだ。隆一は乱れた髪を整えながら視線を外す。

「帰ります」

もう一度言って、絵の具と絵筆を片付けた。まだ乾いていない二枚の絵は部屋の隅に並べる。

「小栗君……」

夏目が肩に手を触れた。

肩越しに振り向くと、揺れる瞳と間近に目が合う。

隆一は身をひるがえし、彼の唇を奪った。

やわらかく唇を吸い、ゆっくりと離す。熱はすぐに過ぎ去り、口の中にたばこの苦味だけが残った。

「たばこを一本ください」

目を見開いている夏目に言った。

「……いいけど、なんでそんなものを?」

「一度、吸ってみたいと思っていたんです」

「やめておいた方がいいよ、これは悪魔の嗜好品《しこうひん》だ」

そう言いつつも夏目は、火のついていないたばこを一本取って差し出してくれる。

隆一はそれを指先に挟み、もう片方の手に、荷物をまとめて持つと部屋を出た。


手の中のたばこの匂いを嗅ぎながら、隆一は軽井沢駅へと向かう。足取りは意外に軽かった。別れはゆっくりとやってくる。

東京に帰ったらどうしようか。瀧に会って夏目のことを伝え、それからもう少し風通しのいい部屋に引っ越そう。そうすれば、少なくとも当分は夏目にも、それから操にも会わずに済む。

そういえば診療所で発情を抑える薬を貰ってきた。探せば同じものは東京でも手に入るかもしれないし、そうすれば自分にも普通の生活ができるようになるかもしれない。ありがとう西洋文明、自分たちにもようやく自由と人権の時代がやってくる。

夏目の方は、薬を変えて副作用が軽減されたのだろうか。それで問題ないなら、彼もこれからもその薬と付き合っていくんだろう。

そしてそのうち、あの子と結婚するんだろうか……。あの子を妻としてかわいがり、次第に愛着を持つようになって子供を作る。そのことをおれは、おそらく人づてに聞くんだろう——。

そんな空想に浸ったまま、隆一は夕方の碓氷線に乗り込んだ。

「大丈夫だ、それでもきっと生きていける……」

座席に深くもたれかかり、そっと自分に言い聞かせる。

また鼻にたばこをこすりつけ、それに火をつけたくなった。たばことその煙とは、やはり匂いが違う。けれど火をつければもう、一本しかないたばこがなくなってしまう。それは嫌だ。

頭では先のことを考えても、感情は未練たらしく彼の影を追っている。

大きな鉄の箱が重たい音をたて、ゆっくりと動き出す。碓氷線の線路が引かれるまで、この道は険しい峠道だったそうだ。峠を越えれば、別の景色が見えてくるはずだ。

ところが列車に揺られるうち、隆一は体の異変を感じ始める。体がだるく熱っぽい。昼間、診療所で感じたのと同じ症状だ。薬を貰っておいてよかったと思いながら、錠剤を唾液で飲み下す。列車を乗り換える横川《よこかわ》駅までは、まだ一時間近くある。

「大丈夫……」

自分に暗示をかけるようにつぶやき、隆一は目を閉じた――。


目の前が白い煙に覆われ、夏目の声が聞こえた。

「首吊りは美しくない、かといって僕は泳ぎが得意だ、溺死《できし》はしないだろう」

彼は文机にひじを突き、感情の乗らない声で話している。

「なんの話をしているんです？」

隆一は問いかける。

「ピストルやナイフで死ぬ人もいるが、まあ成功率の面ではあり得ないね。その点ビルディングから飛び降りれば確実だろうが、遺体がひどいことになる。君もそんな僕の姿は見たくないだろう」

「だから、なんの話を――……」

煙がゆっくりと晴れ、夏目の顔が見えた。

「あくまで仮定の話だ、そんな悲しそうな顔をしないでくれ」

文机の向こうから、指の背で頬を撫でられる。ペンだこがざらりと頬をかすめ、離れていく。隆一はとっさに両手でその手をつかんだ。つかんだその手が、枯れ葉のように乾いてざらついている。

焦《あせ》りを覚えながら顔を上げると、窓から毒々しい赤色をした夕日が部屋に射し込んだ。その夕日が、夏目の目元に深い影を作る。

「……けど、あれからもう十年だよ。有嶋《ありしま》が死んだ、清川《きよかわ》も死んだ。僕には三人息子がいる。役目はそこそこ果たしたと思わないかい？」

「役目ってなんですか？　くだらないことを言わないでください！　あなたが夏目龍之介として存在すること以外、少なくともおれは望んでいない！」

夏目の口元が、かすかに笑った。

「ありがとう。でも僕がこの世から消えたとして、僕の作品は残る。それでいいじゃないか」

「よくなんかない、あなたに触れられない世界なんて」

隆一は首を横に振る。彼の手を引き寄せ、唇を押しつけた。

「おれはあなたに触れたい、作品を通して心に触れるとかじゃ足りないんです！　あなたの勝手な言動にいちいち怒りたい、そしてあなたにうんざりした顔をさせたい。セックスもたくさんしましょう、血や運命に怯《おび》えて生きるのはもうたくさんだ。おれがあなたを欲しい、それ以外は取るに足らない事情です」

目の前の彼に強く訴えながら、目に涙が溜まっていくのがわかった。

彼のひじの下にある引き出しに、毒薬がしまわれている。どうしてか隆一はそれを知っていた。

この手を放してはいけない。放したらもう、取り返しがつかない――。


気がつけば隆一は、手の中のたばこを握りつぶしていた。

妙に鮮《あざ》やかな夢だった。まるで十年後の未来を覗いてきてしまったような……。

横川駅に着き、信越本線《しんえつほんせん》の列車に乗り換える。

夢で見た夏目の面影がちらついて、胸の鼓動が速かった。

「なんであんな夢……」

走り出す列車の窓辺に立ったまま、動揺する自分を立て直そうとする。あれはただの夢だ、現実になるはずがない。心の中でそう自分に言い聞かせた。

薬でマシになったはずの熱っぽさが戻ってきて、引いてくれない。この体が求めるもの、それは自分でもわかっていた。薬の紙袋を取り出し、一錠では足りなかったのだと考える。薬を飲むため空いた席に座ろうと車内を見回した時、列車がカーブに差しかかった。

太陽との位置関係が変わり、車窓から夕日が射し込む。夢で見たのと同じ毒々しい赤色だった。

夕日に陰る夏目の顔が、脳裏に大きく浮かび上がる。

「やっぱり無理だ……！」

隆一は列車の窓を開け、元来た方向を見ようとする。

「危ないですよ！」

見知らぬ乗客にそでを引かれた。

振り向くと、そでをつかんでいた男がハッとなる。洋装に中折れ帽、革靴の匂いがする中年男だった。

「君は……いったいどうしたんだね？」

「すみません、なんでもありませんから……」

「なんでもないって君、泣いているじゃないか」

男がまた一歩近づき、隆一の頬に手を触れようとする。後ずさりしようとすると、靴のかかとが壁にぶつかった。

隆一は思わず前にひじを突き出して、男との距離を作る。

「それ以上、おれに近づかないでください！」

同じ車両に乗り合わせた人々が、一様に驚いた顔を隆一に向けた。

「な、なんだね？」

男が顔をしかめる。

いくら相手が泣いていても、普通の状態なら人は他人に触れようとしない。あるとすればそれは、発情しかけたこの体に反応しているのだ。

「おれ、とても面倒くさい体をしているんです！　あなただって面倒ごとには巻き込まれたくないでしょう」

列車が徐行し次の駅へとなだれ込む。そして車両のドアが開いた瞬間、隆一は誰より早くそのドアから飛び出した。


夕日が遠くの山に落ち、辺りは刻々と宵闇《よいやみ》に沈んでいく。

「すみません！　軽井沢に戻るには……」

改札で駅員をつかまえると、ひげの駅員は時計を見て難しい顔をした。

「今日は無理だよ。横川行きの最終がもう出てしまった」

「どうしても戻りたいんです！」

「車で行ってさっきの最終に追いつけば、あるいは横川から碓氷線の最終に……」

「追いかけます！」

駅を飛び出し、今電車で来た線路を見る。

「君？　車じゃなきゃ無理だよ！」

そんなことはわかっている。けれどじっとしてはいられなかった。隆一は線路に沿って走り出す。

今は何も考えられない、あの人のことしか――……。

線路脇の道を走り、道が途切れたところで雑木林に飛び込んだ。

線路さえ見失わなければ、元来た駅にたどり着く。この際到着は今夜でも明日でも、別に構わない気がした。

沈んだ夕日の気配が消え失せ、空には星が輝き始めている。雑草に足を取られて転び、また起き上がって走った。息が上がり、だんだんと肺が苦しくなる。けれども体の熱を発散させるのに、走るのはむしろちょうどいい気がした。

夜のひんやりした空気が肺に満ちてくる。走りすぎて疲労したひざと足首が痛み出し、感覚がなくなった頃――。

頭から悩みやこだわりが吹き飛んで、全身が軽くなった気がした。

――おれがあなたを欲しい、それ以外は取るに足らない事情です。

夢で口にした恥ずかしい言葉が、妙にしっくりと胸に響く。

そうだ、自分はくだらないことばかりにこだわっていた。自分がどんな存在だろうと、命ある限り生きていく、それだけのことなのに。

走ることのできる足がある。絵筆を握る手がある。それでこの手であの人に触れられるなら……、もうそれでいいじゃないか。走りながら口元に自然と笑みが浮かぶ。そして闇の向こうに、キラキラと光る駅の明かりを見つけた。


もう行ってしまったかと思っていた碓氷線の最終は、車両の故障でまだ発車していなかった。隆一は闇の中を行く列車に乗り、軽井沢に繋がる峠を登った。


「遅かったね」

旅館の客室に戻ると、夏目が二人分の夕飯を前に頬杖を突いていた。

「なんで二人分……。おれ、帰るって言ったじゃないですか」

隆一は呆気に取られ、夕食の膳と夏目を見比べる。夏目がふうっと息をついた。

「結局、戻ってくる気がしていたんだ」

「結局って……腹が立ちますね、その言い方は。おれがただその辺でふて腐れているだけだと思っていたんですか」

「だったら今までどうしていたのかい？」

「列車で横川の次の松井田《まついだ》まで行きました、本当に東京へ帰るつもりだったんですから！」

勢いよく言うと、またすぐに言葉を返される。

「でも戻ってきた」

「それはそうですけど……」

本当にこの人は人の気も知らないで……。ただ会いたくて走ってきた自分を思うと、隆一はなんだか馬鹿馬鹿しくなってしまった。

「もういいです、おれはまんまとここへ戻ってきたわけで。とにかく腹が減りました」

目の前には、山の幸を使った会席料理が並ぶ。汁物はすっかり冷めてしまったようだが、それでも食欲をそそった。

夕食の膳に手を合わせ、箸を取る。お互いに無言で食べ始めてから、夏目が思い出したように聞いてきた。

「横川の次まで行って、どうして戻ってきたんだい？」

「それは……別にこれといった理由はありません。ただ気が変わった」

皿から目を上げずに答える。

「強いて理由を挙《あ》げるとすれば、あなたに会いたくなった、それだけです」

夢を見たあとの激情がふいに戻ってきて、静かに気持ちが昂ぶる。夏目が箸を止め、息をついた。

「僕も君に会いたかったよ。あの絵を見ながら、君の横顔を思い出していた。そうしたら……ひどく胸が詰まった」

夏目の視線を追うと、畳の上に置いていた絵が机のところへ移動している。二枚の絵の間には和紙が挟まれていて、彼がそれを汚さないよう気をつけて手に取ったらしいことがわかった。

あれはただ描き殴っただけのもので、作品と呼べるような代物《しろもの》ではない。机の上の絵を遠目に見ながら、隆一は嬉しいような申し訳ないような気持ちになった。

「やっぱり僕らは、一緒にいるべきなんじゃないかな」

ぽつりと言われ、隆一はまた夏目の顔に目を向けた。彼の視線は座卓越しに、隆一の着物に注がれている。線路沿いの道なき道を走ってきたせいで、そでや袴《はかま》のすそが土と草の汁で汚れていた。

「君の若い情熱があり余っているのは知っているけれど、そうやって行ったり来たりするのも大変だろう。それに……」

夏目の視線がそこで上がり、まっすぐに隆一をとらえた。

「僕は君のことを、理屈抜きに愛おしいと思っているんだ」

その言葉に胸を揺さぶられる――。

『理屈』の方は昼間、診療所の医師から聞いていた。鋭《アルファ》と極《オメガ》はもともとひとつの生き物で、一緒になって初めて心身ともに満たされる。

けれどもその理屈抜きに愛しいなら、それはもう欲望ではなく愛なんだろう。

夏目の顔が見られなくなってしまい、隆一は握る箸の先に視線を落とした。そして唐突に切り出す。

「今朝、あの紙袋に書いてあった住所の診療所に行ったんです」

夏目が軽く息を呑む音が聞こえた。

「そこで先生から話を聞きました」

少しの間沈黙が落ち、それから彼がぽつりと言った。

「君が言っていた、言うべきことっていうのはそのことか」

「そうですよ……。まだ他にも隠し事があるんですか？」

「さあ、もうないと思うけどね？」

箸の先から視線を上げると、夏目がちらりと歯を見せて笑う。

「けどあの先生も案外口が軽いんだな。……まあ、君に会えて機嫌がよかったんだろうな。あの人は君みたいなきれいな子が好きだから」

「なんですかそれ……。別に機嫌がよさそうには見えませんでしたけど」

「午前中に行って追い返されなかったなら、機嫌がよかったんだよ」

あの医師のことはよくわからないけれど、整った顔だと褒められたことを思い出した。

「それで、彼に何もされなかった？」

「それは何も……」

頬に触れられたり、背中をさすられたりしたことは言わないでおくことにした。体を見せてくれとも言われたが、そんなことをここで打ち明ければ話がややこしくなるに違いない。

隆一は座り直して夏目を見る。

「あの先生のことはどうでもいいんです。おれが言いたいのは、あなたが大事なことを話してくれないのが気に入らなかったってことです」

「うん……」

夏目が少しだけ、神妙な顔になった。

「でも、もういいです。おれは自分が極《オメガ》だってことは気にしないことにしたし、あなたが鋭《アルファ》だろうとなんだろうと構いません。正直、秘密主義なところは気に入りませんが、それだって些細なことです」

早口に言って、息をつく。

「つまり、おれが言いたいのは……」

もう一度顔を上げ、夏目をまっすぐに見つめた。

「おれもあなたを大切に思っているっていうことです。あなたを放したくない。あなたと一緒にさえいられれば、あとはなんとかなると思います。だから一緒にいましょう、ずっと……」

顔が火照《ほて》って、また前が見られなくなる。おれの言いたいことは、ちゃんと伝わっただろうか。

そんな不安を抱きながら、額に手を当てた。

座卓の向こうで、夏目が立ち上がる気配がする。戸惑いながら顔を上げると、彼はすっと廊下の方へ出ていってしまった。

「……夏目さん?」

「君、ワインか何かないかね?」

廊下で夏目が仲居に呼びかけている。

「……ワイン?」

首を傾《かし》げているうちに、赤玉《あかだま》ワインのボトルとグラスが運ばれてきた。

隆一の前にグラスを置き、夏目はそれにワインを注《つ》ぐ。

「おれ、ワインなんて飲んだこと……」

「まあいいじゃないか、今日はお祝いなんだから」

「お祝い？　なんのですか？」

「君が僕のものになったこと以上に、祝うべきことがあったかな？」

すっと目を細めて微笑まれ、何も言い返せなくなる。否定するのもおかしいし、肯定《こうてい》するのも照れくさい。

返事をする代わりに、グラスを口に運んだ。

「なんですかね、この味は……甘いような苦いような、その上、酸っぱいような……」

そんなふうに感想を言うと、夏目に笑われる。

「君、そういうところはまだ子供だね。まあ飲みたまえ」

「子供だと思うなら、酒を勧めないでください」

注ぎ足されたものに口をつけようとすると、今度はどういうわけかグラスを押さえて止められる。

「な、なんですか……」

「いや、酒には乾杯の作法というものがあってだね。それを君に教えておくべきかと思って……」

それはさすがに隆一も知っていたが、舞い上がっていてすっかり抜けていた。

「もう遅いです、そういうことはもっと早くに言ってください」

「ふふ、そうだね。もう君の顔が赤い」

赤いとしたらそれはアルコールのせいではなく、単に恥ずかしいからだ。隆一はそれをごまかすように、またワインをあおった。

「いい飲みっぷりだね。酔っている君を見てみたい気がしてきた」

「酔わせても何も出ませんから」

それからなんだかんだと言いあううちに、また二杯三杯と飲まされた。

「夏目さん、おれ……」

体が火照って疼き出す。アルコールのせいか、頭までぼんやりしていた。

目の前の彼に触れたくなって、座卓を乗り越えていく。

「ああ君、危ないよ。完全に酔っているな……」

夏目が倒れかけたグラスの脚を慌てて押さえた。

「酔わせた張本人が何を言っているんですか！」

「普通、そこまで酒癖が悪いとは思わないよ……」

「発情期と重なってきているんです、仕方ないでしょう」

座卓から飛び降り、あぐらを掻いている夏目のひざの上に収まった。

「ああ、もう……」

彼がせっかく押さえたグラスが畳の上を転がる。ワインの甘い香りがぱっと立ちのぼり、部屋中に広がった。

夏目が諦めたように笑って、ひざの上にいる隆一の腰に腕を回す。

「まあいいや。君から来てくれるなら、それに応えなきゃいけない」

唇が軽くぶつかった。

「……というか、こんないい匂いをさせた君に何もしないなんて無理だ」

今度は唇を甘く吸われ、その心地よい刺激にとろけそうになった。

そんな時——。

「夏目先生、東京の方からお電話が……」

誰かがバタバタとやってきて、部屋の障子を開ける。障子から覗いたその顔は、昨晩水差しを持ってきた丸顔の仲居だった。

「君もよくよく間が悪いね……」

夏目がそちらを振り向き、困った顔をする。隆一は彼のひざの上で、ただ固まっているしかなかった。

「誰からだい？」

夏目が聞く。

「時事日報社の瀧様という方です」

瀧の名前を聞いて、隆一は思わず肩を震わせた。けれども夏目は涼しげに言う。

「取り込み中だと伝えてくれるかな。ああそうだ、君のところの原稿はもう上がっている、だが君の大事な画家は無傷で返せそうにないと伝えてくれ」

「はあ……」

丸顔の仲居は、困惑顔のまま戻っていった。

「えっ、ちょっと？」

横で聞いていた隆一の方が慌て出す。

「なんですか今の意味深な伝言は！　瀧さんに誤解されても――……」

「誤解じゃなくて真実だ」

「どっちにしても、次に瀧さんに会う時におれはどんな顔をすればいいんですか！　あの人とは毎月顔を合わせるのに……」

「……ふうん。僕の単行本の装丁は断ったのに、彼がくれる他の仕事は大事なんだ？」

「何を言っているんですか。もしかして、単行本のことまだ拗《す》ねていたわけですか？」

「単行本のことは仕方ない。それより瀧君に釘を刺しておきたくてね、君は僕のだって。彼はことさら君のことが気に入っているみたいだから」

隆一は思わず瀧の顔を思い浮かべる。

「いやいや、ちょっと待ってくださいよ！　おれと瀧さんはそんなんじゃ……」

「何を動揺しているんだ。数分前まで僕と愛を語っておいて、君は……」

「だから、違いますって！　瀧さんだってそういう目でおれを見たりしませんから」

「どうかな？　君が鈍感なだけじゃないのか？」

不機嫌そうな夏目の顔が近づいてきて、額がこつんとぶつかった。そのまま勢いをつけて、畳の上に押し倒される。さっき倒してしまったグラスが、視界の隅で畳にワインを吸わせていた。その景色にハッとしているうちに、両手首に夏目の体重が乗る。

「まあいい。どっちにしても君は今夜、僕のものになった。……いや、これからなるのか」

欲望に濡れた瞳に見つめられ、ぞくぞくと背筋が震えた。

「僕のものになったって印、どこにつけようか」

顎《あご》を持ち上げられ、のど元に口づけされる。

「あっ……」

のどぼとけの辺りに歯が当たり、硬い歯の感触に心臓が跳ねた。夏目はその辺りに歯を当てて、ちょうどいい場所を探るように少しずつずらしていく。胸がとくとくと音をたて、体中の血が泡立つような錯覚に襲われた。次第に張りつめた空気に耐えられなくなってくる。

「夏目さん……やるなら早くしてください」

拳をぎゅっと握り、嚙み締めた歯の間から息をつく。

「痛いのは嫌だろう」

「好きにしてください。それであなたが、おれのものになるなら……」

「……」

夏目がのど元で動きを止めた。手首を拘束していた手のひらが、首の後ろに回り込む。それから鎖骨の付け根に、ピリリと引きつるような痛みが走った。

一度歯を立て、それから肌を強く吸われる。

「……くっ！」

鏡で見なくても、そこが鬱血《うっけつ》しているだろうことは想像がついた。

「痛いです」

そう訴えると、夏目がようやく唇を離した。

「ごめん、痛くした。それに結構目立つ」

さっき電話があったということは、瀧は明日にでもこちらへ来るつもりかもしれない。その時に隆一は目立つ場所にこんな印をつけて、彼に会う羽目になるわけだ。

「わざとですよね？」

そう聞いてみると、夏目が悪びれもせずに答える。

「もちろんわざとだよ」

「ですよね、あなたはそういう人だ」

隆一は夏目の首に腕を回す。それから彼の首筋に、同じように歯を立てた。

「んっ……」

彼の背中が小さく震えるのが、首元に回していた腕に伝わってくる。そのことに隆一は、血の沸き立つような興奮を覚えた。

首筋の味と歯触りを確かめていると、夏目の方は隆一の着物に手をかける。

隆一は自ら袴を脱ぎ捨て、着物の帯を緩めた。

土と草の汁で汚れていた着物を脱ぎ捨てると、体がやけに軽くなる。熱い肌が夜の空気に晒され、心地よかった。だが夏目の手に触れられると、すぐに体は狂おしい熱におかされる。

「夏目さん……」

素肌と素肌で触れあいたくなり、彼の着物にも手をかけた。けれどもそれをはぎ取るまでもなかった。

「向こうへ行こうか」

夏目が立ち上がり、着流しをさらりと脱ぎ捨てる。

彼が続きの間へ繋がる障子を開けると、昨日と同じ明かりのない部屋に布団が二組敷かれていた。隆一は体を起こし、夏目に続いてそちらへ足を向ける。

先を行く夏目のすらりとした背中が、とても美しく目に映った。

「きれいな背中……」

背骨のくびれに手を伸ばすと、夏目が照れくさそうな顔で振り向き、その手を引き寄せる。

「それは君だよ」

「おれ？」

「鏡を見たことがないのかい？　美しい骨格、白くてなめらかな肌。それに……君の体はとても感度がいい」

「……っ、恥ずかしいからやめてください」

文章でも読み上げるようにスラスラと褒められ、カッと頬に血が集まった。さすがにからかわれているんだろう。それがわかっていても、彼の目論見通り羞恥心を刺激された。

「恥ずかしいのか、これからもっと恥ずかしいことをするのに」

握った手を引き寄せられ、体が傾く。一瞬ひやりとしたけれど、体の下には布団が敷かれていた。

倒れる瞬間に腰を支えられ、ゆっくりと布団に横たえられる。

それから彼は真上から胸を合わせてきた。体重が乗らないよう、足の置き場には気を遣ってくれている。

その体勢になってみて、隆一はこれから始まる『恥ずかしいこと』について、かなりはっきりと認識する。

「おれは……こういうことをするのは、もう恥ずかしいと思っていません。あなたに見られるのは恥ずかしいけれど……行為自体は自然なことだと……」

羞恥心よりも期待が、胸の中で大きく膨らんでいた。

汗ばんだ素肌がしっとりと溶けあい、それから自分の下半身が疼くのを感じた。

開いた障子の向こうから、隣の部屋にあるランプの光が時折揺れながら射し込んでいる。夏目の顔は逆光でよく見えないが、その口元がかすかに笑った気がした。

「……君は変わったね」

「え……？」

「こういうことをするのが、自然なことだと思えるようになるなんて」

『こういうこと』を具体的に示すように、胸の頂を口に含まれた。

「……あっ」

ざらりとした舌が敏感な突起を押して、そこに唾液を塗りつける。ひざに力が入り、隆一は気もそぞろになりながら胸元にある彼の頭につかまった。

自分のそれよりやや硬い彼の髪に、熱心に指を絡ませる。

「夏目さ……あっ、ん……」

胸に施されるもどかしい刺激が隆一を煽《あお》っていた。

夏目が乱れた髪を掻き上げながら、胸元から顔を上げる。

その時、隣の部屋から射す光が、彼の表情を照らし出した。濡れた唇がてらてらと光って、隆一はその唇に欲情する。

両腕を彼の首に絡め、強引に唇を奪った。

口づけしながら唇を開き、内側の粘膜同士を触れあわせる。それでも飽き足らずに体を反転させ、隆一が上になった。

その間に夏目の手が下へ伸び、むき出しの性器をとらえる。

「もうこんなに……」

あふれ出す先走りを、親指の腹で塗り広げられた。

「ああっ、そこっ」

直線的な刺激に声が出る。

「気持ちいい？」

夏目が笑って、体を下へずらしていく。自然と、夏目の顔をまたぐような体勢になった。

夏目はそこから隆一の陰茎をつかむと、先端をくすぐるように舐め始める。それから全体を一気に口に含んだ。

「ひあっ！」

強すぎる刺激に腰が跳ね、隆一はかすれた悲鳴をあげる。逃げようにも根元をつかまれて逃げられなかった。

自分の陰部を頬張る恋人を見下ろし、頭がくらくらする。その間にも夏目は、隆一を熱心に追い立てる。

「もういき、そ……」

降参《こうさん》の意を伝えると、夏目の唇が離れた。

「まだ待って……後ろ、しよう」

一瞬、なんのことを言われたのかわからなかった。

さっきまで竿に絡んでいた舌が後ろに下がっていって、隆一は遅ればせながら彼の目的を理解する。

濡れた舌先が菊座《きくざ》にめり込んだ。

「あっ、ちょっと！」

「観念したまえ」

ひざ立ちになって前へ逃げると、背後から両手で腰を押さえつけられた。

「……っ」

初めてのことに怯えながら、後ろにいる夏目を振り向く。

走って帰ってきた時には隆一は、この男を手に入れられるならこんな体くれてやるくらいの気持ちでいた。今もその気持ちは変わらない。でも……。

「怖い？」

言い当てられた感情を、肯定も否定もできなかった。

「僕との未来を、受け入れる気にはならないかな？」

夏目は重ねて問いかける。

その問いの意味を胸の中で咀嚼《そしゃく》し、隆一はすべてを投げ出す覚悟を決めた。

「怖いです、けど……あなたが望むなら……」

「隆一君……」

耳元に接吻《キッス》をされた。

「前にも言いましたけど……こういう時だけ、名前で呼ぶのはずるいです」

「隆一君」

「だから——……」

「君をもう、手放すつもりはないよ」

胸が詰まって、返す言葉は出てこなかった。

「あ……」

涙が出るのと同時に、体の中に何か侵入してくる。右手の人差し指、それは見ないでもわかった。ペンだこと、節くれだった指の関節を体の内側がとらえる。

強烈な違和感に体がこわばった。

「やぁ、うっ……」

中を無慈悲に弄《もてあそ》ばれながらも、その指が愛おしかった。ペンを握るべき手にそんなことをさせているかと思うと、そこに抗いがたいエロスを感じる。

布団に突いているひざが震えた。

人差し指が一旦抜かれ、今度は二本に増やされた指が入ってくる。

「ああっ……」

二本の指は別々に動き、隆一を翻弄《ほんろう》する。半分引き抜いてはまた中に埋め、指はどんどん深くなった。腹の中が燃えるように熱い。

「力を抜かないと次、苦しいよ」

「え――……」

二本の指が左右に開き、入り口を押し広げた。その拍子に、中から蜜がこぼれ出す。

「嘘、こんな……」

太腿の内側を、生あたたかい液体が伝っていった。それで隆一は、自分の体が受け入れるようにできていることを理解する。

指を引き抜き、夏目がかすかにうわずった声で伝えてきた。

「君の体は僕を欲しがっている、もちろん僕の方もね」

布団の上に仰向けに寝かされる。それから両ひざを持ち上げられ、入り口に硬いものを押しつけられた。

足が宙に浮いて心許ない。けれど、それもほんの一瞬だった。

「力抜いて」

「……っ！」

濡れた入り口をこじ開けるようにして、彼の猛りが隆一の中へ突き刺さる。指とは比べものにならない大きさと温度、そして痛みと快感――。一瞬でわけがわからなくなって、頭の中で火花が散った。

　しかしすぐ体ごと揺すられて、飛びかけた意識が戻ってくる。

「やっ、わあっ」

「あんまり締めつけないで」

「あなたこそ……こんなっ……」

　中がこすれて熱い。

「な、夏目さん！」

　苦しくて手のひらを宙にさまよわせると、その手を強く握られる。布団の上でぎゅっと手を握りあわせ――その強さに、指の股の膜も千切れてしまうかと思った。

　夏目は苦しげな息の中、隆一の体の中を深く穿ってくる。

「あ、は――」

　強すぎる刺激をやり過ごし、息を吐いたところでまた――。

　続けざまに体を押し上げられ、内側をぐちゃぐちゃに乱される。このまま壊れてしまうんじゃないかと思った。

　苦しい、けれども涙が出るほど嬉しい。もう失うものは何もないんだと思った瞬間、痛みを受け入れることが快感に変わった。

「夏目さん、もっと！」

「うん、好きなだけ」

粘膜の隙間からひたひたとあふれ出る粘液に、生々《なまなま》しい生命を感じる。

「……もう、死にそうです」

「生きるも死ぬも一緒だから……」

自分たちが今、確実に生きているということに感動を覚えた。

「あなたが好きです、生きていてよかった」

「僕も……同じ気持ちだよ」

言葉と一緒に、一番深いところで繋がりあう。体がびくびくと震えて、限界にまで溜まった熱が腹の上に弾け飛んだ。

その瞬間、意識がチカチカと点滅する。

それと同時に、中にも吐き出される熱を感じた。

深く中を穿ちながら、夏目が隆一を抱き締めた。

「はぁ、はぁ……」

お互いの体につかまったまま、一緒に息を整える。

しばらくは息をするのがやっとで、声も出なかった。

少しして宙に浮いていた足を下ろすと、腹の中から逆流してくる精を感じた。

結ばれたんだという実感が、胸に迫ってくる。

「夏目さん……」

「うん、おいで……」

両腕を伸ばし、強く強く抱き締めあった。

それから覆い被《かぶ》さっていた夏目が、隣に仰向けに寝転がる。どちらからともなく手を伸ばし、濡れた指先を緩く握りあわせた。

「隆一君、明日は車を借りて高原にドライブにでも行こう」

唐突にそんなことを言う夏目の声は、その高原の空のように晴れやかだ。

「突然ですね、原稿はいいんですか？」

戸惑いながら聞くと、彼は笑った。

「たまにはいいじゃないか」

確かに、いいなと思う。

明日はきっといい日だ――。


時は大正。文明開化の明治が過ぎ、今は民主主義、自由主義の時代だ。

女も学問をするし、武士も平民もない世の中になっている。時代は変わりつつある。そしてこれからも変わっていく。これから自分は、胸を張って生きていけるんだ。

その思いが、隆一の胸を高鳴らせた――。

終幕《エピローグ》　夏草の高原

二人が愛を交わした翌朝――。

夏目は本当に、旅館から送迎用の車を一台借り受けていた。

「なかなかいいのを借りられたよ。ピカピカのT型フォードだ」

布きれを手に黒光りする車体に息を吐きかけ、夏目は満足そうな顔で指紋の跡を拭いている。

正面玄関に横付けされたその車は、旅館所有のものの中でも特に新しい一台に見えた。

「これ、タクシーと一緒ですね？」

街中を走るタクシーなら、隆一も東京で何度か目撃していた。

「そうだよ、乗ったことは？」

「まさか、ありませんよ。そんな身分じゃありませんし、おれには健康な足がついていますから」

そう言うと、車に釘付けだった夏目の瞳がようやくこっちを向いてくれた。

「そうだね、君の足は健康だ。だがこいつも馬力があって頑丈だよ」

興味はすぐにそちらへ戻っていってしまうらしい。昨夜、彼の興味を引きつけていたのは間違いなく自分だったのに……。隆一は複雑な心境で、少年の顔をしている天才文士を眺めた。

それから運転席によじ登る彼を見て、ある疑念を抱く。

「夏目さん、今さらですがひとつ聞いても？」

「なんだい？」

「今までに、これを運転した経験は？」

運転席で計器を覗き込んでいた彼が、こっちを見て肩をすくめた。

「いや」

「えっ？」

「だから、運転は今回が初めてだと言っている」

隆一の不安は的中したらしい。

「それで高原にドライブを？　あなたはおれを殺す気ですか！」

「まさか、安全に運ぶつもりでいるよ」

「信用できません！」

「しかし運転の仕方なら彼に習った。ちょうど今、この辺を一周してきたところだ」

夏目の視線を受け、そばに控えていた旅館の運転手が頷いてみせた。しかし嬉々《きき》としている夏目とは対照的に、彼はどこか渋い顔をしている。商売道具をこんな素人《しろうと》に貸すのだから、不安になるのも当然だ。

夏目は有名作家としての自らの名を利用して、強引にこの車を借り受けたのだろう。本人にその気はなくても、旅館側は彼の名前を知っているわけだから結果的にそうなる。そしてこの男のわがままを無下《むげ》に断れる人間などそうはいないのだ。

思わず小さなため息が出る。

「夏目さん、運転は彼にお願いしましょう」

隆一の提案に、夏目がまなじりを吊り上げてみせた。

「いや、運転するために洋装で来たんだよ、僕は」

そうなのだ。彼は普段の着流し姿でなく、モダンな三つ揃えのスーツを着ている。比較的涼しい軽井沢にいるとはいえ、真夏にそれは暑いに違いなくて。ずいぶんな気合いの入りようだ。

「洋装になれば洋風の乗り物が乗りこなせるとでも？」

着流し姿で出てきた隆一は、腕組みをして呆れ顔をしてみせた。しかし夏目は至極《しごく》真面目な顔で言う。

「そういうことじゃない、この方が足が自由になる」

「それならいっそ、人力車みたいに尻をからげてきたら」

「あれは僕のスタイルじゃないだろう」

彼は自分のスタイルも、車を運転することも譲《ゆず》る気はないらしかった。

「そう不安がらずに、僕の隣に乗ってごらん？」

夏目は片手でハンドルを握り、空いた片手で座席の隣を叩いてみせる。けれどもそんな猫なで声で言われても、隆一の不安は増すばかりだ。

ちなみにこの国に運転免許制度ができるのは、この数年後のことである。今はまだ運転者本人への信頼に身を任すしかない。

隆一が立ったまま動けずにいると、しばらくの沈黙のあと夏目がため息交じりに言ってきた。

「困ったね。君は僕には乗れても、僕の運転する車には乗れないのか」

「はあっ？　何を言い出すんです！」

真横から運転手の視線を感じる。隆一は運転席にいる夏目のそばへ慌てて駆け寄り、小声で彼に苦情を言った。

「だいたい……普段上に乗っているのはあなたの方でしょうに。変なことを言わないでください」

けれども夏目は飄々《ひょうひょう》と続ける。

「しかし君を乗りこなすことを考えれば、車の運転なんてきっと簡単だ」

「それとこれとを比べる意味がわかりません！」

「かのジグムント・フロイトも、乗馬は性行為の象徴だと言っている。乗馬も車の運転もそう変わらない」

声をひそめて反論しても、夏目はもっともらしいことばかり言って口を閉じようとしなかった。

隆一は居たたまれずに周りを見る。この爽《さわ》やかな朝の往来《おうらい》に相応《ふさわ》しい話題とも思えない。そしてこの相応しからぬ会話を打ち切る方法は、ひとつしかないと思いつめた。

「……乗ればいいんですね、そこに」

隣の座席を目で示すと、夏目の口元に白い歯が覗いた。

「そうだよ、観念しておいで？」

なるほど、この人は確信犯だ。彼は隆一の羞恥心を煽るために、わざとあんな会話を繰り広げていたのだ。そばで聞かされる旅館の運転手も、目のやり場、耳の向け先に困っただろうに。

そしてそのことがわかっても、隆一には他に打つ手がなかった。

「あなたって人は……」

ぼやきながらも、観念して車の助手席に上がる。そして目線が普段より高くなると、ますます不安が増した。

「どうだい？　乗り心地は」

「どうでしょうね、走り出してみないことには……」

夏目の問いに、引きつった顔で答える。

「じゃあ、さっそく走り出してみようか」

「わっ、待ってください！」

夏目がクラッチペダルに足を乗せるのを見て、隆一は慌てて車体の枠をつかんだ。屋根のない車から振り落とされては敵《かな》わない。

そして身構えた次の瞬間には、車体がガクンと大きく揺れた。

「うわあっ！」

「お、動いた動いた！」

悲鳴をあげる隆一の横で、夏目が楽しげな声をあげる。

「車が動くのは当たり前で……ひっ！」

走り出した車の側面を植木の枝がかすった。青々しい針葉樹の香りがかすめて、隆一は思わず首をすくめる。一方の夏目はそんなアクシデントもどこ吹く風で、その横顔に快活な笑みを浮かべていた。

この人は何を考えているのか。

隆一は車体にしがみつきながらも、彼の横顔に釘付けになる。

前から気づいてはいたが、夏目は基本的に新しもの好きだ。いや、古いものも新しいものも、自分にとって新鮮で面白ければ嬉々としてそれを摂取する。自らの殻にこもりがちな隆一とは、まるで気性が違った。そしてその気性が、多くの友に愛される夏目龍之介という人間を形づくったのだろう。

それに気づいた途端、隆一は肩の力が抜けていくのを感じた。

「はあ……」

「なんだい、ため息なんかついて」

「人や物にぶつからないでくださいね？」

「大丈夫だよ、走り出したら止まらない馬とは違う。これにはちゃんとブレーキというものがついているんだ」

夏目が足下のペダルを目で示す。それが安全装置だということはわかったが、彼に運命を握られた状態であるということは相変わらずだった。

思えば出会った時からそうだった。夏目は隆一の最大の弱点、半陰陽だという秘密と、そして恋心までを握っている。つまり隆一の運命は、常に彼の手の中にあった。その事実を不安がっても今さらだ。

旅館の前から走り出したT型フォードは、思いのほか順調に針葉樹の並木道を進んでいる。道はなだらかだ。

「案外、行けそうですね?」

「案外ってひどいな、僕の運転の腕を信じたまえ」

夏目の横顔が言う。

「腕って、今日が初めてのくせに」

「それでもうまくやれる自信があるんだ、今日の僕には」

今日の僕には――それは昨日のことがあっての発言だろう。もっと言えば昨日の情事だ。鋭《アルファ》である彼の精神の安定は、極《オメガ》である自分が握っているらしい。お互いに運命を握りあっているわけだ。

並木の枝先を通過してきた日光が、光のしずくとなって夏目の横顔を鮮やかに彩《いろど》る。その彼が、ふいにきらりと光る笑顔をこちらに向けた。前からの風に揺れる黒髪も、瞳と同じ光のしずくを反射させている。

この人を得た喜びを、隆一は胸に噛み締めた。


結局夏目は最後まで器用にハンドルを握り、目的の高原に車を停めた。

日の光の降り注ぐ高原には、ニッコウキスゲの花が咲き乱れている。これはユリによく似た花だが、花弁は真夏の太陽のように濃い黄色をしている。

「きれいですね。緑の中に、黄色が点々と広がって」

ルノワールの描く明るい野の景色によく似ている。助手席からそんな景色を眺めていると、運転台を下りた夏目がこちらへ回ってきた。

「おいで、もっと近くで見よう」

その手を取って車から降りる。そのまま手を引かれて花畑の中心へ進み、二人はそこに腰を据えた。座るといっそう、艶やかな黄色が近くに見えた。

「絵の道具を持ってこなくてよかったのかい？」

ふと気づいて言う夏目に、隆一は微笑みで返す。

「それよりこの景色を満喫《まんきつ》したいです」

けれど満喫したいのは景色そのものではなく、愛する人と見る景色だ。この辺はまだつぼみだ、こっちのはもう蒴果《さくか》になっている、と語りあってから、夏目の視線が花から隆一に戻ってきた。

「……なあ、隆一君」

並んで座る腰の後ろに、彼の片腕が回り込んでくる。

「向こうに戻ったら、一緒に住まいを借りよう」

「また急ですね？」

戸惑いながら聞くと、彼は困ったような笑みを浮かべた。

「昨日の君が、ずっと一緒にいようと言ってくれた」

隆一は確かにそう言っていた。大切な言葉だから覚えている。

「僕としてはそれなりに、手順を踏んでいるつもりなんだけどな」

夏目が答えを促すように言葉を重ねた。

「手順……」

そう言われても、昨日の今日でやっぱり少し急な気がする。そんな隆一の考えを察したのか、夏目は笑って続けた。

「僕らは出会って、もう半年になる」

「そんなになりますかね？」

隆一は指折り数えて考える。だいたい五カ月というところだった。小指を折ったところで隣の彼を見ると、また困ったように微笑まれる。

「ともかく僕は、ずいぶんと待った。君はいつ来るかわからないし、鎌倉で日曜ごとに君を待ったよ。君が来るとしたら僕が下宿にいる日曜だからね。毎週、正気を失うかと思った」

そう語る夏目は、待つ日々を懐かしむように笑っていた。だがそれは現在進行形の話でもある。

「このまま下宿に戻ったら、せっかく手に入れた君をまた待つことになってしまう。だから、君は僕と住むべきだ」

「強引ですね」

「強引にもなるよ」

黄色い花に彩られた恋人の横顔は、笑っていても、どこかはかなげな美を宿して見える。その魅力に、目と心が釘付けになった。

「おれもあなたといたいです。なるべくそばで見ていたい」

「だったら……」

腰に緩く回っていた腕に、力がこもった。

「いいね？　君は僕といるんだ。うんと言わなければ東京には帰さないよ？」

その言葉は冗談めかして聞こえるが、やや硬い声色が、彼が本気であることを示している。

「そんな、仕事はどうすればいいんです。あなたほどじゃありませんが、おれにもそれなりに仕事が」

「それは新居でやったらいい。僕が小説を書く傍《かたわ》らで、君が絵を描く。素晴らしいじゃないか」

たばこをふかしながら原稿に向かう、彼の隣で絵筆を握る。そんな光景が頭に浮かんだ。仕事になるのか不安だが、悪くないのかもしれない。

隆一がその提案に、同意する気になった時。

「あと……」

夏目がためらいがちに続けた。

「あと、なんですか？」

「君のここには、たぶん僕の子供がいる」

着流しの帯の下辺りに、大きな手のひらが伸びてきた。

「……!?　どうして、そんなことが言えるんです」

たった一度の行為で、そんなことがあるだろうか。隆一は我が耳を疑いつつ、目の前の男を凝視する。彼は唇の端に笑みを浮かべた。

「だって君、考えてもみたまえ。極《オメガ》の発情はすなわち排卵の兆候《ちょうこう》だ。君は昨日、明らかに発情していた」

「でもそんな……」

じんわりとした熱を持つ彼の手のひらの、さらに下を意識する。

「もし未だ受精が為《な》っていなければ、昨日の僕がいま君の中を泳ぎ回って、命の片割れを探している」

「…………」

隆一は複雑な思いで、彼の手に自らの手のひらを重ねた。この男と特別な関係になっても、孕むことがずっと怖かった。だがいま腹の中を泳いでいるかもしれない彼の分身を、愛おしいと感じる。

「変ですね……」

ため息とともにつぶやく。

「何が変なんだい？」

「何ってわけでもないですが、自分の気持ちが」

そんな曖昧な答えに、恋人はただ目元を和《なご》ませてみせた。彼もあまり、こちらの気持ちを掻き乱すつもりはないらしい。かと思えば腰を抱かれたまま、静かに草の上に身を倒された。

「……っ、なんです？」

視界に青い空が広がる。その景色に被さって、熱を帯びた瞳が真上から見下ろしてきた。

「話していたら、昨日の君を思い出してしまった」

困ったように眉根を寄せた顔が近づいてきて、それから唇を奪われる。

「でも……こんなところで」

彼の背後から射す日の光に、背徳感を煽られた。太陽が隠れ、また唇をふさがれる。

「君の唇は砂糖菓子の味がすると思っていたが……今は花の蜜のようだね」

密《ひそ》やかな口づけが、次第に大胆なものに変わっていく。

「……んっ」

唾液を口の中で混ぜ合わせ、じゅるりと音をたてて吸われた。ドキリとする水音が高原に響いた。しかし花も風もそれを咎めようとはしない。相変わらず周囲に人の気配はなかった。気を抜くと、甘い唾液の交換が腰に来る。

「はあっ……夏目さん……」

こんな場所でいけないとは思いつつ、潤んだ目を彼に向ける。草をつかんでいた手を持ち上げて彼の背中に回すと、彼は長いため息をついた。

「昨日抱いたばかりなのにね。どうして君は、こうも甘美に僕を誘うのか」

草の香りのする指が、乱れた髪を撫でてくる。その指先の感触すら、隆一の欲望を刺激した。

「誘っているのはあなたです」

「僕が？」

「そうですよ。あなたに触れられると、僕はいつもどうにかなってしまう」

「どうにか、ね」

笑った形の唇が、まぶたの上に落ちてくる。

「ならまたどうにかなってしまえばいい。それで僕と住む気になってくれ」

草の汁に濡れた手が、着流しの太腿を大胆にさすった。その手はすぐにすそを割り、ゆるゆると内腿を撫でてくる。

「あっ……そんなところを触ったら、また」

昨日彼を受け入れた、体の内側が疼き出す。誘うように片ひざを持ち上げると、布越しに彼の昂ぶりが、求める場所を刺激した。

「あんっ、なつめさ……――」

「ここに欲しい？」

「えっ……？」

布越しの己を押しつけながら、彼は案外冷静な顔でこちらの表情を窺っている。

「今すぐここに欲しいだろう？　君の体はもう、抱かれる喜びを覚えているはずだ」

「その質問は、意地悪です」

こんな開けっぴろげな景色の中で、隆一にそんな淫らな欲望を口にする勇気はなかった。高まる熱に喘ぎながらも見つめ返していると、彼の表情がふと優しく緩む。

「僕の望む答えをくれるなら、その意地悪な質問の答えは免除するよ」

望む答えはわかっていた。

「夏目さん……帰ったら、一緒に住みましょう」

言い終わると同時に口づけされ、片手で下帯を外される。

「あっ……」

ひざ立ちになった夏目が長い指で自らのベルトを緩めた。下から見上げるその扇情的《せんじょうてき》な光景に、隆一は目眩を覚える。

それから腰が浮き上がり、体の中心が合わさった。

その瞬間、ニッコウキスゲの首も折れんばかりの突風が、高原の夏草をなぎ倒してゆく。

「ああっ――――！」

深く分け入られた隆一は、その風に甘い悲鳴を乗せた。

数時間前に指でほぐされ、鋭《アルファ》の性器に押し開かれた入り口は、ぬかるみのようにやわらかく再びの侵入を受け入れる。内側にはまだ昨日のけだるさが残っていた。だが内膜の引きつれるちりちりとした痛みに、覚えたての性感を引きずり出される。

「ああっ、いい……――は！」

へその裏側辺りが押し上げられるのを感じた。

「ふっ！　そこっ」

同じ場所に先端をこすりつけられる。

「いいところに当たっているね」

そこはおそらく、診療所の人体模型で見たところの子宮口だ。こすりつける動きを止めずに、夏目が深く息をついた。その顔は恍惚《こうこつ》としている。

「……ああ、魂《たましい》ごと持っていかれそうだ。面倒な体に生まれた苦悩も帳消しになる」

彼の唇の端が、隆一の好きな角度に持ち上がった。彼の鋭《アルファ》に生まれた苦しみと孤独を、自分が癒している。そう思うと隆一の胸は痺れた。

「夏目さんもっと！」

何度もこすられ、腹の奥がじわりととろける。

「もっと、あなたをください」

「ああ、君の奥に」

パァンという乾いた音とともに、尻に彼の下生えが当たった。

「……っ、あああっ！」

深く突き立てられる衝撃で、頭の中に火花が散る。ギラつく白い太陽が、いくつもに分裂して揺れて見えた。凪に煽られた草が頬を叩く。草の露《つゆ》と混じり合った涙の粒が、鼻筋を横切って飛んでいった。

「はあ、はあ、はあっ……もうっ」

激しく揺すられる体が、太陽におかされたような熱を発する。腰を強く引かれ、太腿の裏が彼の腹に密着した。

「くっ――……」

彼が宣言通り、最奥《さいおう》に精を注ぎ込む。生あたたかい体液が腹を満たすのを感じ、隆一はけだるい幸福感の中で放心した。

それから少しして、凪が収まっていることに気づく。

あの突風はなんだったのか。情熱に反応して吹き荒れた風に、ぼんやりと思いを馳《は》せていた時……。

「あれ……？」

草原に分け入る足音が、遠くから聞こえた気がした。

「誰か来たようだ」

体を繋げたままの夏目が、場違いなほど冷静な声で言う。

「……っ！　早くどいてください！」

「そうだね」

埋め込まれた体の一部を引き抜く前に、悠長にも鼻先に接吻《キッス》をされた。名残《なごり》を惜しみたい気持ちもわかるが、隆一は気が気でない。

それから案の定というかなんというか、聞き覚えのある声が聞こえてくる。

「夏目、小栗君！　僕だ！」

その声は時事日報社の瀧だった。昨晩の電話は、やはり今日ここへ来るという連絡だったのだろう。

黄色い花畑の向こうから、のしのしと肩を揺らして歩く瀧の姿が近づいてくる。慌てて着流しのすそを直す隆一を見つけ、彼は大口を開けて笑いかけた。

「いやあ、天気がいいね」

「瀧さん……」

情事に勘づかれたのではと思うと、瀧が目の前に来ても隆一は笑い返すことができない。一方の夏目はすでに着衣を整え、たばこに火をつけていた。

彼は煙をひと吹きして言う。

「どうしてこんなところまで来たんだい？　君のところの原稿は宿にあるのに」

「つれない挨拶だな」

「だって君、僕らは人目を忍んだ逢瀬《おうせ》の真っ最中だ」

夏目が冗談めかして言ってみせ、その肩を瀧が笑いながら叩いた。

「先生、ずいぶん余裕だな。余所《よそ》の原稿は大丈夫なのか？」

「それはこれからする。今日は特に気分がいいんだ」

そんな会話をハラハラしながら聞いていると、瀧の目がまた隆一に向けられた。

「それで、うちの画家先生は無事なのか？」

その言葉にドキリとする。

――君の大事な画家は無傷で返せそうにないと伝えてくれ。

夏目が昨夜の電話で、宿の仲居に頼んだ伝言のことだ。

「え、あの……」

点検するように体をたどった瀧の視線が、着物の襟元で止まった。そうだ。着物のすそばかり気にして、すっかりそこのことが抜けていた。鎖骨の付け根には、生々しい噛み跡と赤い斑点が浮かんでいる。いま自分では見えないが、隆一は今朝浴場の鏡でそれを確認していた。

瀧が渋いものでも食ったような表情を浮かべ、顎の辺りを撫でた。

「これは僕の責任か？　小栗君をここへ寄越したのは僕だから」

「いえ、これはその……」

隆一は顔が火照るのを感じながら、今さら手で首元を隠す。そんな隆一の腰を夏目が横から引き寄せた。

「違うよ、瀧君が鈍いからこうなったんだ」

「僕がなんだって？」

瀧が怪訝《けげん》そうにする。

「君が知らずに僕の想い人を、横から攫《さら》ってしまわないか気が気でなくてね。だから印をつけておいた」

「想い人か」

夏目の言葉に、瀧の方が恥ずかしそうに頭を掻いた。

「それでいいのか？　小栗君は」

「え、おれですか？　おれもその……夏目さんのことを想っています」

また風が吹いてきたが、そんなものでは頬の火照りは収まりそうになかった。

「まあそれならいいんだが。この先生があんまりしつこくて逃げ出したくなったら言ってくれよ？　時事日報社が悪いようにはしない」

「なんだそれは、僕を変態みたいに……。それにこういうことに会社の権力を使うのはどうなんだ」

珍しく夏目が拗ねたような顔をする。それを見るとなんだかほっとして、可笑しさがこみ上げてきた。

「そろそろ行こうか。早々に原稿を渡して、邪魔者には退散してもらおう」

夏目の視線の先、高原の裾野に、陽光を反射するT型フォードが見える。瀧が首を傾げながら聞いてきた。

「しかし運転手がいないんじゃないのか？」

「それが、あれは夏目さんが運転してきたんです」

隆一が答えると、瀧は感心したように言う。

「夏目は車の運転ができたのか！　器用な奴だと思っていたが、そこまでとは……」

「いや、今日が初めてだよ」

飄々と答える夏目に、瀧が目をむいた。

「初めてで、宿からここまで運転してきたのか！」

「まあ、やってみたらなんとかなった」

「恐ろしいなあ。なんとかならなかったら、どうするつもりだったんだ」

苦笑いの瀧が隆一を見る。

「それに付き合うなんて、あんたも酔狂《すいきょう》だな。命は惜しくなかったのか」

「命は惜しいですよ、おれだって！　けど、乗らなきゃ夏目さんが納得してくれなかったから……」

頬を撫でる風の心地よさを感じながら、風に揺れる黄色い高原を下りていく。

「君はこいつに、運命を任せすぎなんじゃないのか？」

瀧が笑った。

自分でもそう思う。そう思うけれど……。

隣を歩く夏目を仰ぎ見、隆一は思いを巡らす。

運命をともにすること。それを自由意志において選び取ったことが、今の隆一には一番の幸せに思えた――。

あとがき

小栗隆一です、こんにちは。このたびは、おれと夏目さんの個人的かつお恥ずかしい話の本を手に取っていただき、誠にありがとうございます。おれは絵描きであって文章を書くなんてことにはまったく自信がないのですが、産みの親である作者が「真面目な文章を書くのは気恥ずかしいから、なんとか変化球でごまかしたい！」というので代理で筆を執っています。

この物語はもともと『天下分け目のBL合戦！［夏の陣］リブレ ビーボーイ賞』へ応募するために書かれたものだそうです。それを今回、書籍化するにあたり大幅に改稿し、新たに終幕の部分を書き下ろしたとか。

事の発端である『天下分け目のBL合戦！』は一〇社もの出版社さんが参加し、小説投稿サイト『エブリスタ』にて二〇一七年に開催されました。その中で「リブレ ビーボーイ賞」は人外部門、オメガバース部門、バディもの部門で作品を募集していました。

それを見て作者は「オメガバース？ 何それ？」からスタートしたそうです。そんなことでよく賞をいただけたな、と思いますが。公募だからこそ他の応募作品に埋もれない何か新しいものを書こう、と奮闘したようです。

当時オメガバースものは、現代ものか未来を舞台にしたものが多かったようで。だったら逆手を取って時代ものでいこう、みんなの知っている過去＝近代にオメガバースを持ち込んだらどうなるのか、というところからこの物語は生まれました。

しかし作者はオメガバースだけでなく時代ものを書くのも初めてで。いろいろともっともらしく書いてはいますが、おれと瀧さんが有楽町駅で東京駅から来た電車に乗り込むという描写だけでも「あれ、有楽町駅って初めから高架になってた?」「この頃、東京駅ってもうできてる?」と混乱しながらの執筆でした。それが、おれが夏目さんを追って軽井沢へ向かう辺りでは「碓氷線の歴史って面白いな。いつか行ってみたい」となっていたので、調べながらの執筆もなんだかんだで楽しくなっていったみたいです。そして書籍化が決まったあと、リブレの担当者さんに「電車、お詳しいのかと思いました」と言われた時には努力の勝利を確信し、電話口で爆笑してしまっていました。たびたび上りと下りを間違うような人が、電車に詳しいわけないんですけどね。

それにしても。頭をひねってうんうん唸って。書き出したら周りは資料やメモの山で。食事も風呂も忘れるし。それでもやっぱり楽しいのが創作というものなんだろうなと、おれも夏目さんを見ていて思います。そして、そんなふうにして生み出した作品で、人を楽しませることができたら……こんなに素晴らしいことはなかなか他にはない気がします。一人でも多くの人の心に、この物語が届きますように。

本来ならここに、作品に関わった方々や、手に取ってくださった皆さまへの感謝の気持ちを記すべきなんでしょうが。それは作品でお返ししたいという作者の思いから、ここでは割愛させていただきます。

「ってわけで夏目さんもいい加減、風呂に入ってください！」

「風呂？　昨日入ったじゃないか。一日くらい入らなくても……」

「それは二日も前のことですよ。昨日はおれ一人で銭湯に行きましたから」

「あれ、そうだったかな？」

「なに腕の匂いなんか嗅いでるんですか。嗅ぐまでもなく、髪にも着物にもいろんな匂いが染みついてますって」

「でも君、そういうのも嫌いじゃないだろう。僕も君の匂いは好きだよ？」

「は？　何を言いだ……え、ちょっと待――……くすぐったいです、やめてください……」

「はは、赤くなった」

「なってません……」

「けど、こうして君にくっついていると変な気分になりそうだ。君の香りを堪能するのはこの原稿が終わってからにしよう」

「……で、風呂はどうするんですか」


はぁ……。夏目さんの説得に時間がかかりそうなので、この辺で筆を置こうと思います。

桜の季節に　谷村二十円代理・小栗隆一　拝

初出一覧

アンドロギュノスの夢

＊上記の作品は【小説投稿サイト「エブリスタ」（https://estar.jp/）】に掲載された作品を加筆修正したものです。

世界の乙女を幸せにする小説雑誌♥
小説 ビーボーイ b-Boy
読み切り満載!!
4月, 10月
14日発売
A5サイズ
多彩な作家陣の豪華新作、
美麗なイラストがめじろおし♥
人気ノベルズの番外編や
シリーズ最新作が読める!!
イラスト／蓮川 愛
ビーボーイ編集部公式サイト
https://www.b-boy.jp
雑誌情報、ノベルズ新刊、イベント
はここでお知らせ！
小説ビーボーイ最新号の試し読みもできるよ♥
イラスト／笠井あゆみ

ビーボーイスラッシュノベルズを
お買い上げいただきありがとうございます。
この本を読んでのご意見・ご感想をお待ちしております。

〒162-0825　東京都新宿区神楽坂6-46
ローベル神楽坂ビル4F
株式会社リブレ内　編集部

アンケート受付中
リブレ公式サイト　https://libre-inc.co.jp
TOPページの「アンケート」からお入りください。

SLASH
B-BOY NOVELS

アンドロギュノスの夢

2019年5月20日　　第1刷発行

■著　者　　谷村二十円

■発行者　　太田歳子
■発行所　　株式会社リブレ

〒162-0825　東京都新宿区神楽坂6-46　ローベル神楽坂ビル
■営　業　　電話／03-3235-7405　FAX／03-3235-0342
■編　集　　電話／03-3235-0317

■印刷所　　株式会社光邦

Printed in Japan
ISBN 978-4-7997-4340-9